二見文庫

灰色の病棟

桜井真琴

目次

灰色の病棟

プロローグ

いったい何をされるのか……。

深夜の病棟を歩きながら、美香子《みかこ》の胸は不安で締めつけられていた。

指定されたのは、旧南棟地下一階の手術室だった。

南棟の地下には他にもレントゲン室などがあるが、すべての機能はこの春にできたばかりの新棟に移転しており、今は棟ごと使われていない。

誰もいない通路を白衣姿のパンプスでカツカツと歩いていると、恐怖が何度も襲ってきて、戻りたくなってしまう。

（ああ、あなた……）

美香子は胸の内で、愛する夫の名を呼んだ。

夫のためだ、ともう一度、美香子は固い決意をする。

美香子は普段から明るく、おっとりした雰囲気で、患者からの人気と人望のある、K病院の優秀な女医であった。

目尻の下がった優しげな顔は、三十六歳にしては幼く見える。

ショートボブヘアの似合う小顔は、すれ違う男性患者が二度見するほど整っており、白衣を着たすらりとしたスタイルは、同性でも見惚れるほどだ。

今も勤務を追えたばかりの白衣姿で、下は白いブラウスと膝丈の黒いタイトスカートという出で立ちだ。

スリムであるが、白衣の胸元を押しあげるふくらみはなんとも悩ましく、腰のくびれからムッチリとしたヒップへ流れる身体のラインは、人妻らしい甘美な稜線を描いている。

手術室に入ると、パッと明かりがついた。

まぶしさに顔をしかめてから前を見れば、黒い覆面を被った男が立っていて、美香子は身体を強張らせる。

「いらっしゃい。お待ちしてましたよ、石田《いしだ》美香子先生」

目と口だけを露出した覆面なので、ぎょろぎょろと動く目がやけに強調されて、不気味さに拍車をかけている。

「ククッ……いやあ、相変わらず美人ですねえ」

男の視線が美香子の全身を這いずったのを感じる。

(私のことを知っているの?)

胸元に注がれた視線は、怖気を感じるほどにいやらしいものだった。美香子はしかしおぞましさを隠し、キッと男を睨みつける。

「い、いったい……何をすればいいんですか?」

「まあまあ、そう怖い顔をしなくても……手紙には、なんと書いてありましたかね」

「……手術室にいる男には絶対に服従……」

「そういうことですな」

男がまたククッと勝ち誇ったように笑う。

美香子はキッと睨みつける。

「ほ、本当に……夫を助けてくれるんですね」

「もちろんですとも。約束しますよ」

男は不敵に笑って、一枚の紙を見せてきた。

【臓器移植患者登録証明書】

美香子は医師であるから、それが本物だとわかる。

（ああ、あなた……）

美香子の夫は腎不全で、移植手術が必要なほど悪化していた。

手術の順位には移植希望登録者《レシピエント》選択基準というものがあるが、夫はその基準に合わせると、手術の順番はかなり遅くなる。

そんなときだった。

院内にいる「春風グループ」と呼ばれる謎の集団から、突然話をもちかけられたのは。

春風グループの噂は聞いたことがあった。

院内の医療ミスを隠蔽したり、患者の手術の優先順位を変えたり、医療や介護を監督する保健福祉省の接待をして、K病院に新薬を優先的にまわしてもらったりと、とにかく病院の利益を優先する幹部連中がいるというのである。

あくまで噂なので、美香子も気にすることはなかった。

だが、こうして「証明書」まで手に入れることができるとなると、どうやら本物らしい。

「あなたたちは……あなたたちはいったい誰なんです」

「ククッ。正体はどうでもいいでしょう。要は愛するご主人を助けられればいいんですから。そのつもりでここに来たのでしょう？」

男の言うとおりだった。

たとえ医療従事者としてのモラルを踏みにじってでも、夫をなんとか助けたかったのは事実だ。

美香子が黙っていると、男は愉快そうに笑った。

「さあて、納得いただいたようですね。では、先生とご主人が助かる条件を言いましょうか。なあに、簡単なことですよ、美香子先生」

覆面男が近づいてくる。

ニヤニヤしながら、舌なめずりしている。

全身が震えた。

「フフッ、K病院きっての美人女医……石田美香子先生。ああ、すばらしいスタイルだ。白衣がよくお似合いですよ。条件は……わかるでしょう？　そんな美しい先生が、私たちのものになることですよ」

「えっ……」

美香子は顔を曇らせた。

「わかりませんか？ その美しい肉体をお使いになるんですよ、美香子先生。枕という言葉をご存じですかな」

美香子は男の恐ろしい言葉に、顔を強張らせる。

声が出なかった。

男は忍び笑いを漏らす。

「ねえ、簡単でしょう？ 先生がその美しい身体をここで私たちに差し出せば、手術で回復したご主人と、また楽しい日々が送れるんですよ」

念を押すように言いながら、男が目の前に立った。

「今日は私が味見をさせてもらいます……そして、これからしばらく、美香子先生は病院のお仕事以外にも、私たちの顧客に接待をしてもらいます。もちろん性接待ですけどね」

「は？ ば、ばかなことを言わないで」

「ばかなことじゃありません。私たちの顧客の中には、ぜひとも本物のナースや女医を抱きたいという人間が結構いるんですよ。芸能人の枕営業にも飽きてきたらしく、白衣の天使とか、勝ち気な女医を抱きたいというんですなあ」

思わず後ずさりするが、後ろには使われていない手術台があった。

これ以上は下がれない。

肩をつかまれ、無理矢理にしゃがまされた。

リノリウムの冷たい床に、ひざまずく格好だ。

しゃがんだ拍子にタイトスカートがまくれあがり、ストッキングに包まれた太ももが露わになる。

男は美人女医の太ももに目を寄せながら、おもむろにズボンのファスナーを下ろして肉棒を取り出した。

「ひっ……」

美香子は慌てて目を伏せた。

(なんて大きさなの……)

無意識に夫と比べたことを恥じるも、やはりそれは偉容だった。

黒くて、先端が大きく広がっていた。

顔をそむけても、鼻先に男の匂いが漂ってくる。

「さあ、しゃぶってくださいよ、美香子先生。これが服従の証です。人妻なんだから、フェラチオくらいどうってことないでしょう?」

覆面男が、グイと腰を突き出してくる。

蒸れたような匂いに、美香子は顔をしかめる。

「うっ……」

「ご主人と楽しい生活を送りたいでしょう？　薬剤師でしたかな」

「うう……」

夫の職業を知っているとは。やはり男はK病院内の関係者なのだろう。

（誰なの……？）

顔をあげて、覆面から覗く目を見つめる。

どこかで見たような気もするが、やはり目と口だけではわからない。

（ああ……あなた、ごめんなさい……）

ここで拒んでも、事態が好転するとは思えなかった。

なによりも夫に生きていて欲しい。

だったら、もう死ぬ気でやるしかないと、美香子は覚悟を決めた。

「するから……もう、夫のことは言わないで」

愛する夫以外の性器を口に含むなど、死にたくなるような屈辱だ。

しかし、もう逃げられない。

膝立ちしたまま、美香子は顔を男性器に近づける。

「ンッ……」

舌が表皮に触れただけで、おぞましい熱気と苦みが広がる。

汚辱感がこみあげるのをガマンしながら根元をつかみ、舌腹でねろりと竿の部分を舐めあげる。

(ああ、熱くて……大きい……)

いやいやだが、それでも肉のエラや根元を舐めていると、覆面の男がくぐもった声を漏らして腰を震わせる。

「おおっ……さすが人妻だ。チ×ポの扱いに慣れているじゃありませんか」

素性どころか顔すらわからない男を悦ばせるのが、死にたくなるほど口惜しいのだが、これで夫が助かるならと気持ちを強く持つ。

(早く射精して……)

男がイクのを早めるように、美香子はゆっくりと首を振り、男根の裏筋を舐めあげる。

性的な経験は人より少ないが、それでも三十六歳の人妻だ。

男が気持ちよくなる部分はわかっている。

美人女医は膝立ちしたまま、舌を大きく差し出して、ツゥーッと根元から先端まで舌を這わせていく。

「おおっ、いいですよ、美香子先生。さあて、そろそろしゃぶってくださいよ」

男は腰を震わせながらも、さらにキツい要求を被せてくる。

（ああ……これを口に入れるなんて……）

思わず舌を離し、男の顔を見あげてしまう。

つらそうに眉根をひそめて哀願するも、男は美香子の心情など関係ないとばかりにニタニタと笑っている。

「ククッ……困り顔が色っぽいですよ、先生。いつもは優しそうに見えても、デキる女医としてキリッとしたところがあるのに……そういう男に媚びた表情も、いいじゃないですか」

「媚びたなんて、ち、違うわっ」

美香子は勃起を握りながら、ハアと大きくため息をつく。

そしておもむろに、太幹の先を大きく頬張った。

（うっ、苦いっ……）

胃がひっくり返りそうな嫌悪感だった。

それでもガマンして、潮っぽい男根を咥え込んで唇を動かしていく。

「おおおっ……たまらんな。美人女医の口はあったかくて、ククッ……最高ですよ、美香子先生」

男は仁王立ちしたまま、腰を突き出してくる。

「ンッ……んぶっ……」

喉奥近くまで突き入れられて、美香子は顔をしかめる。

顎が外れそうなほど大きく唇を割られると、息をするのも苦しくなる。

「もっと舌を使って……おお、そうそう。美香子先生、今度は顔をあげながら、フェラチオしてくださいよ」

言われて、美香子は仕方なく咥えたまま顔をあげる。

男が覆面越しにニヤリと笑っている。

男を悦ばせるために、自分は奉仕している。

そう思うと、口惜しさと恥ずかしさに身体が熱くなっていく。

「ククッ、美人女医の可愛い口に、自分のチ×ポが入ってるのを見ると……それだけで興奮しちゃいますよ」

その言葉どおりに、口の中で男の怒張がピクピクと震える。

おぞましくて吐き出したい。

だが、男が後頭部を押さえつけていて逃げられない。

唇を無様なほど大きく広げられて、グイグイと男根を押し入れられる。

「ンンッ……ンッ、んぅ……」

美香子は苦しげに眉根を寄せる。

男が腰を振るたびに、切っ先が喉の奥に入り込んで、嘔吐をもよおしそうになる。

「んほっ……いいぞ、おお、おおっ」

男は興奮しているのか、口調が乱暴になってきた。

歯を立てれば、男は怒り狂うだろう。

美香子は必死に唇を窄めて、男のピストンの摩擦を助けてやる。

ヨダレが口端から落ちるのもかまわず美香子は目をつむり、舌を動かしてフェラチオに没頭する。

(早く終わって……苦しいッ)

そう思うのに、身体が熱くなって芯の奥が疼いていく。

美香子は踵の上に置いたヒップをもじつかせつつ、必死に美貌を前後に打ち振った。

「おおっ、いいぞ……おおっ」

「んんぅん……ンンッ……ンンンッ……」

口中のペニスはさらに硬度を増す。

大量のカウパー汁がこぼれて、美香子の口の中に垂れていく。

唇から出入りする怒張は美香子のツバにまぶされて、妖しく黒光りしている。

（ああ、早く……射精してっ、口の中でいいから……）

一刻も早く終わって欲しかった。

気持ち悪さもさることながら、男の性器を口に含んでいることで、自分の身体がますます妖しく疼いていくのではないか……。

それが怖かったのだ。

「んあっ……」

そのときだ。

覆面男が呻《うめ》いて、勃起を美香子の口から引き抜いた。

（え……？）

口から垂れたヨダレを手で拭いながら、美香子は覆面男を見る。

「ククッ、これで終わりだと思いましたか？　恋い焦がれた美香子先生とのファーストセックスだ。口の中に出すなんてもったいない。きちんと抱いて差しあげますからね」

「えっ、な……ん、んんっ！」

いきなり後ろから大きな手で口を塞がれた。

（なっ、別の男がいたの？）

さらには覆面男に両脚を持たれ、美香子は暗い手術室の中、ふたりがかりで運ばれていく。

「んっ、んんん！」

手術台に仰向けに寝かされる。

無影灯がつけられた。まぶしさに顔をしかめる。

襲ってきたふたりの男たちは、目出し帽の目をぎょろぎょろさせて、ヒヒヒといやらしく笑っていた。

「な、何をするの！　い、いやっ……ムウウッ！　ンン！」

口を塞いでいた手が離れたと思ったら、タオルのようなものを口に詰められて、悲鳴すらあげられなくなる。

「ンンッ、ンンッ」

さらに覆面男たちは抗う美香子の両の手首に麻縄を巻きつけて一括りにすると、引っ張って手術台の上端のパイプに縛りつけた。

さらに美香子の蹴りあげた足をキャッチすると、その足首にも縄を巻いてぎりぎりまで引っ張り、今度は手術台の足台のパイプに縛りつけた。

もう片方の足も同じように固定される。

両足を縛られたまま、足台を大きく開かされた。

こうして白衣姿の美人女医は両手を頭上にあげ、両脚を開いた無残な格好で手術台に磔にされてしまう。

「ムウウウッ」

なんとか声を出そうとするのだが、口いっぱいに詰められたタオルのせいで、くぐもった声しかあげられない。

両手足はかなりキツく縛られていて、抗えばほっそりした手足に縄が食い込むだけだ。

美香子はつらそうに眉をひそめ、男たちを見つめることしかできないでいた。

「ククッ、いい格好ですよ、美香子先生。わざわざ深夜の手術室に呼び出したのは、女医さんをこうやって病院で犯したかったからなんですよ」

覆面男は笑い、自らのシャツを脱ぎ、ズボンとパンツも脱ぎ捨てた。

「ムウウッ、ンンッ……」

美香子は必死に手足を動かそうとする。

だが、やはりどうにもならなかった。

「ククク、どうせ抵抗できないんだ。楽しみましょうよ、美香子先生。これから長いつき合いになるんですから」

男は忍び笑いを漏らしながら、美香子の白衣とブラウスを開き、白いブラジャーをめくりあげて乳房を握りしめてくる。

「ウウッ！」

痛みが走り、美香子は手術台の上で大きくのけぞった。

さらにタイトスカートをめくられて、パンティをちぎられる。

剝き出しになった美香子の性器を覆面男は凝視し、ニタニタ笑う。

「おやあ、濡れてるじゃないですか、フェラチオしただけで感じるなんて……美香子先生もだいぶたまってたんですねえ。無理もないか、旦那さんが長期の入院じゃあ抱いてもらえませんからねえ……久しぶりなんでしょう？　たっぷり味わってあげますよ、ご主人に代わって、先生の身体をね」

「ンンッ……ンンッ……」

美香子は顔を打ち振った。

(感じてるんじゃないわ……こんなことされたら、怖くて自然と濡らしてしまうのよ)

自己防衛のための愛液の分泌だと思いつつも、自分の中で生じている妖しい疼きは説明ができなかった。

覆面男が腰をつかみ、下腹部を押しつけてきた。

「ンン、ンンッ!」

逃げようとしても、どうにもできない。

(ああ、あなた……あなたぁ……)

何度も心の中で、夫に助けを求める。

しかし、両手足の戒めはどうにも外せなかった。

脚を強引に開かされた無防備の格好のまま、もう、夫以外のものを受け入れるしかない。

「観念しましたか……ククッ、いきますよ、美香子先生……」

ズブリ、と剛直が押しいってきた。

「ンンンン！」

あまりの衝撃に、美人女医は目を見開いて大きく背中をそらした。

恐ろしいほどの逞しさに、意識が飛びそうになる。

「クク……入りましたよ、美香子先生」

男は間髪いれずに、激しいストロークを繰り出してきた。

「ンンッ……ンンッ……！」

(い、いやあ……いっぱいにされて……ああんっ……だめっ……だめえ……ああっ、あなたっ……許してっ……)

素性もわからぬ男に犯されているというのに、腰の震えがとまらなかった。

白衣姿のまま、両手足を拘束され、さらに猿轡をされているという無残な格好で、しかし……美香子は感じてしまっていた。

「おおっ、最高だ。締めつけてきますよ、美香子先生っ……これから美香子先生は、僕らのものになるんですよ」

不穏な男の台詞も聞き取れない。

ただ……今だけは……この逞しいものに突かれていたかった。

なにもかも忘れるほどの気持ちよさに、溺れたい。

やがて男が吠えた。

そのまま美香子の身体にしがみついてくる。

美香子は消えそうになる意識の中で、膣奥に熱い飛沫を感じて、全身をビクン、ビクンと跳ねさせる。

しかしだ。

この凌辱劇は実は序章にすぎなかった。

もうひとりの男が、怪しい注射器を手にしているのを、美香子は知る由もなかったのだ……。

第一章　ハニトラ要員

1

「ふあああ……」
野崎竜司《のざきりゆうじ》は事務所のソファで、大きく伸びをした。
ソファをベッド代わりに使うことは珍しくない。
意外と寝心地がいいのである。
起きてからすぐ、いつものようにキッチンに向かう。
最近流行の言葉を使うと、モーニングルーティーンというやつだ。
コンロで薬缶の湯を沸かす。

起き抜けのコーヒーを飲むためだ。

最近は歳のせいなのか、コーヒーを飲むと胃が荒れるのだが、起きてすぐの一杯はどうしてもやめられない。

キッチンの窓を開ける。

前には今にも崩れそうな木造アパートがあり、そこにはいろいろな人間が住んでいる。

不法滞在の出稼ぎ労働者や、場末のスナックで働くホステス、おまけに学生らしいが、昼間にずっと寝ているヤツもいる。

今朝も、アパート前で寝ているスーツ姿の男がいる。

新宿の歌舞伎町、しかも大久保に近い場所の路地裏だから、別に珍しくもなんともない風景だ。

竜司はここの雑居ビルの一室を事務所兼住居として、もう七年になる。

かつて警視庁の特殊犯罪組織対策課にいたのだが、最愛の妻を亡くしたことで、まともに勤めることに嫌気が差して警察を辞めたのだ。

荒れていた時期は、知り合いに頼まれて、ホストのまねごとみたいな仕事もやっていた。もともと女の扱いには長けていたからだ。

水商売から足を洗っても、結局行きつくところは裏稼業しかなかった。

今は、新宿の揉め事を買って出るトラブルシューターだ。

不法労働者からの依頼だったり、水商売の客のもめ事だったり、暴力団がらみのトラブルなど、警察に頼めないグレーな事件を請け負う、いわば闇の仕事に徹していた。

だがそれも、自分の顔が利く範囲だけだ。

例えば外国人の組織など、首を突っ込んだら命が足らない。

そういうところは、君子危うきに近寄らずだ。

自分は別に正義ではない。

ただ自分の能力を最大限に利用して、金を稼ぐだけである。

「竜ちゃん」

コーヒーを淹《い》れていると、外から声をかけられた。

窓を覗けば、アパートの前にミナミが立っていた。

歌舞伎町でハプニングバーを経営している女だ。見た目は五十近いが、若づくりのメイクだけはバッチリしている。

「ミナミさん、今、帰りっすか?」

竜司は大きなあくびをしながら、訊く。

「そうよう。ほら、この春から、コロナも収まって、ようやく普通に生活できるようになったし。これからは堂々と店を開けられるわよ」

「いや、もともと堂々と開けられる業種じゃないでしょ。もうパクられないでくださいよ」

竜司は苦笑する。

ミナミの店は一度、保安課から風営法違反で摘発を受けている。

だが竜司が元同僚の警察官に手をまわして、なかったことにしてもらった過去があるのだった。

「顔が利くのは、保安課だけっすからね」

「わかってるわよお。それよりもまた、お店に来てくれない？」

「客としてっすか？」

訊くと、ミナミが流し目を送ってくる。

「違うわよお。もちろん、スタッフとしてよ。いまだに竜ちゃん目当てのお姉さんたちが、竜ちゃんはどうしたのって、訊いてくるんだから」

お姉さん、と聞いて竜司は鼻で笑う。

「あれがお姉さんねえ……」

「あら、脂の乗りきった、いいお姉さんでしょ？　ねえ、結構セレブな奥さんも来るのは知ってるわよね？　まあまあなお金になると思うけど」

「まあそのうち、仕事がなくなったら顔を出しますよ」

「ホントよ。竜ちゃんの熟女テクにお店の存亡がかかってるんだから、ホントに頼むわよ」

「最近、あんま勃たないっすよ。歳かなあ」

「あらあ、まだ三十代後半でしょ？　運動不足なだけじゃないの……あ、そうだわ。バイアグラあるわよ、ジェネリックだけど」

ミナミがハンドバッグをごそごそしはじめたので、竜司は丁寧に断った。

「欲しかったら言ってね。インドネシア産なんだけど、いろんな味があるんだから。おすすめはピーチかしらねえ。ジェネリックだけど、持つわよお。5Pくらいできるんじゃない？」

ミナミはほうれい線がくっきり見えるほどの笑顔を見せると、パンツの見えそうなタイトミニの尻を振りながら、アパートに消えていった。

たまには熟女を抱くのもいいかなあと思いつつ、竜司はコーヒーを淹れて、窓を開ける。

むっとした空気と饐えた匂いが漂ってくる。

いつもの匂いだ。

人やゴミの匂いが、ようやく普通に戻ったと感じていた。

去年や一昨年は、人がいなくてキレイすぎたのだ。

竜司はテレビをつける。

朝のワイドショー番組だ。

「いつ感染状況が元に戻るかわからない」と、暇そうな医者と、頭の硬そうなコメンテーターが視聴者を煽り続けている。

(まったく、どうしようもない連中ばかりだな……)

竜司はテレビを切り、ソファに座ってカップに口をつける。

ちょうどコーヒーを飲み終わった頃に、新藤千佳《しんどうちか》がドアを開けて入ってきた。

「ああっ、もう、またあ……ソファで寝たんでしょう？」

千佳はソファに置いてあった毛布をめざとく見つけると、竜司の前に来て一喝する。

「寝心地がいいんだから、仕方がない」

竜司は、ポンポンとソファを叩きながら、カップに口をつける。

「そう言ってまた、肩が痛いとか寝違えたとか、ぶつぶつ言うんだから」

千佳は文句を言いながら、デスクに座ってパソコンをつける。

新藤千佳は、事務所唯一の社員である。

出会ったのは、二年前。

もともとは地方から家出してきた高校生で、男にだまされて売春させられそうになったのを竜司が助けたのだ。

家に戻った千佳は、勉強して東京の大学に入学した。

大学生となった今は、たまにこうして竜司の事務の仕事を手伝ってくれる。もともと頭がよいから、竜司の数倍の処理能力で雑務をこなしてくれるため、千佳には頭があがらない。

ショートボブにクリッとした目でなかなか可愛い。

それに全体的に細いのに、胸はかなりのボリュームだ。

たまにミニスカートで来るときなど、おかまいなしにパンチラしてきて目の保養になるのだが、さすがに裏稼業の男が、まっとうな大学生に手を出そうとは思わない。

「というか、竜さん、まさかその格好ですごすつもりはないでしょうね。十時に来客ですよ」

言われてスマホの時計を見た。

九時五十分。

「一応、これでコンビニにも行くんだけど。だめかな」

千佳は眉をひそめる。

黒のジャージの上下だ。自分ではかなり気に入っている。

「……いいですけど、今回の依頼の人、まあまあ美人ですよ」

「へえ、まあまあねえ」

女が同性に対してまあまあというなら、それほどの容姿でないだろうと思っていた。

だから千佳が入り口のドアを開けても、竜司はジャージ姿のままだった。

ソファに座ってくつろぎ、煙草に火をつけようとする。

ところがだ。

現れた依頼人を見て、竜司は煙草を指からぽろりと落とした。

まあまあどころではない。

まるでテレビに出ている女優、という華々しいオーラをまとい、その女性は竜司に頭を下げた。

(おい! どこがまあまあなんだよ)

後ろにいた千佳を睨みつけるが、どこ吹く風だ。

まったく……これなら着替えればよかった。くそっ。

2

「K病院って、あの東新宿の?」

ジャージ姿の竜司が言うと、依頼人の七瀬琴美《なせことみ》は「ええ」と返答する。

K病院と言えば、この一、二年、コロナのことでずっと医師がテレビに出ていた有名な大病院だ。

敷地が広くて病院の個室も多いから、芸能人御用達とも言われており、入院費がぴんからきりまであることもよく知られている。

政治家や実業家とのパイプも太いと言われ、竜司としては事務所の近くにあるものの、絶対に関わることなどない病院だと思っていた。

「……でも、失踪が続いて不審だ、ということであれば……医師会とか、メディアとか警察とか、いろいろあると思うんですけど……」

千佳がもっともなことを言う。

「わかります……しかし……」

琴美はそこまで言いかけて、口をつぐんだ。

（いや、しかし……美人だな）

ソファに座る琴美を眺めて、竜司はこんな女医ならいくらでも入院するよなあと、感動すら覚えた。

K病院に勤める内科医という彼女は、三十代前半くらいか、女医としてはずいぶんと若い。

肩までのミディアムヘアはよく手入れされていて、さらさらだった。

切れ長の目に、くっきりした目鼻立ち。特に目はアーモンドの形が美しく、見つめられるとドキドキしてしまう。

そして、顔だけではない。

スタイルも抜群にいい。

ベージュのニットの胸元は大きく隆起し、膝上のスカートが少しズレあがり、ちらりと見える太ももが、なんとも艶めかしい。

座っているときは、ずっと膝小僧がくっついているのだが、時折、話に夢中になると、膝がわずかに離れて、内ももがちらりと見えてしまう。

それだけで、竜司はドキドキしてしまった。

(くうう、見れば見るほどいい女だな……)

「……竜さん、聞いてる?」

千佳に言われて、竜司はハッと琴美の顔に目をやった。

琴美はクスッと笑いつつも、すぐに真顔になって説明を続ける。

彼女の説明によれば、ナースや女医の失踪が三件、二年の間に起こっているというのだ。

「でも、コロナとかあったから、やっぱりみんな忙しかったんじゃないかな。けっこう辞める人間が多かったって聞くけど」

すると琴美は少し逡巡してから、口を開いた。

「その……これは、ホントに噂なんです。噂なんですけど、三人はハニトラ要員にされたんじゃないかって」

「ハニトラ要員?」

話が胡散臭くなってきて、竜司は顔をしかめた。

「なんですか、ハニトラ要員って」

千佳も不審そうな顔で訊く。

「ウチの病院は管轄省庁である保健福祉省とつながりがある。実はそこの官僚たちに、女性をあてがっているんじゃないかって……」

「ちょっと待ってください。保福省にハニートラップをしかけているのが、おたくのその……ナースや女医ってことなんですか？」

竜司が訊くと、琴美は唇をキュッと噛んで、こくんと頷いた。

「まさかあ……」

千佳はうっかりそんなことを口走り、ハッと口を閉じた。

琴美は深刻な顔をする。

「わかります。突拍子もない話というのは。もしそんな女性をあてがうんなら、もっとリスクの小さい、そういう生業《なりわい》をしている女性を使えばいいって……ですけど……」

竜司は美人女医を見つめていて、ピンときた。

「プロっぽい女じゃなくて、身近ないい女の方が興奮すると、そういうこと？」

「……じゃないかと思うんです」

琴美はそこまで言って、つらそうに顔を歪めた。

竜司は千佳を見た。

信じられない、という顔つきだった。

当然、竜司もそうだ。

(まあ、この女医さんなら、ハニトラに使ったら、どんな男も一発で落ちるだろうな……いや、いかんいかん……)

竜司は妄想を振り切り、真顔で言う。

「仮にそうなら、告白するべきじゃないですか？　ハニトラ要員に使って、それを苦に失踪していると……マスコミの中にもきちんと取りあげてくれる人間が、ひとりかふたりくらいはいるはずだ」

「だめなんです、それは……」

琴美が続ける。

「あくまで噂で。それにマスコミの人とK病院は懇意だから、悪いこと書かないだろうし、それで梅原《うめはら》さんを頼ったんです。知り合いがいたので」

「そうか、それで俺のところにそんな案件がねえ」

梅原というのは歌舞伎町の弁護士だ。風俗嬢やホストの相談に乗って、日銭を稼いでいる。

竜司が警視庁にいたときからの知り合いである。

「正直、ちょっと……私たちもそんな噂だけでは……ねえ」

千佳が言うと、竜司も煙草を咥えながら頷いた。

「そもそも噂話程度で、ここまで来るなんてありえないな……他にも何か知っていることがあるんじゃありませんか？」

竜司が眼光鋭く見つめると、琴美は思いきって顔をあげた。

「実は、その中のひとりが私の姉なんです」

「え？」

竜司と千佳は、驚いた顔をする。

「石田美香子。結婚してるから名字は違いますが、私の実の姉です。全然連絡がとれなくなって……もちろん警察にも話してるんですけど、あたりまえですけど取り合ってくれなくて」

琴美の目尻に涙が浮かんでいる。

竜司は身を乗り出した。

「なるほど……詳しい話、もう少し聞かせてもらえるかな」

身内の話となると、黙ってはいられない。

竜司はこの突拍子もない相談を、受けてみようかという気になっていた。

もちろん琴美がタイプだったからに他ならないが……。

3

結局のところ、現場を見てみないとわからないと、竜司はK病院に潜ってみることにした。

しかし、である。

竜司は今まで病院というところに行ったことがなかった。

元来タフだし、潜入捜査をしていた頃も、怪我ならば適当に痛みどめの薬を飲んで、ぐるぐるに包帯を巻いていただけだ。

だからだ。

こうして病院のベッドに寝ていても、どうにも落ち着かない。

「野崎さん、また売店で何か買ってきて食べたでしょう?」

同室の患者が検査に出て、ひとりでベッドに寝そべって本を読んでいると、白衣にナースキャップの看護師が、側に来て腕組みをした。

看護師長の宮下朋子《みやしたともこ》が、いつものツンツンした表情で、細フレームの眼鏡を指で押しあげながら竜司を睨んでくる。

竜司は本を置き、あくびをしながら反論する。

「買ってないですよ。だいたい、この前のも冤罪ですって。これでどうやって買いに行くんですか」

吊られた左足を指差した。

脚には大きなギプスが嵌められている。

「ホントに？」

朋子は目を細めて、不満そうな顔をする。

「ホントですってば」

「まあいいわ。じゃあ、お熱を計ってね」

体温計を脇に入れている間、朋子は何かをカルテに書き込んでいる。

熱を計りながら、竜司はその様子をチラチラとうかがう。

（しかし、ベテランの師長って聞いていたから、枯れたおばさんだと思ってたけ

ど、やっぱりかなりいい女だよな)

髪をナースキャップで無造作に後ろにまとめ、化粧気のない顔なのに、目鼻立ちは整っているし、肌もキレイだから、四十二歳といっても十分に女らしい雰囲気だ。

いや……それどころか。

眼鏡の奥の双眸《そうぼう》が涼やかで、眼鏡をとればかなりの美人だろう。

純白のワンピースのナース服の下も柔らかそうで、ふくよかな胸もそうだが、屈んだときに見せるお尻の大きさがたまらない。

(色っぽくてたまらんな)

竜司はほくそ笑んだ。

今回、竜司が「足を骨折した」と、わざわざギプスまでつくったのは、この宮下朋子に接触したかったからである。

琴美の話によると、美香子の失踪になんらか関係しているらしい。

「えーと、三十六度。痛みによる熱はなしと。何か変わったところは?」

朋子が体温計を見てから、訊いてくる。

「いや……特には」

本当に怪我をしているわけではないので、何かあるわけはない。

琴美の仲間で沢木《さわき》という医師がいるのだが、それが特例でニセのカルテをつくってくれたのだ。

（しかし、不自由だなあ）

それにしても、ギプスの脚が痒くてたまらない。

夜はこっそり外せばいいのだが、昼の間はずっとこうして寝たきりだ。

身体がなまるから深夜はこっそりと、まわりの患者に気づかれないように、筋トレをしている。

さらに病院食では足らないから、食べ物を買いにいくこともある。

（あんまり動いていると目立つよなあ。今度から、千佳に差し入れしてもらうかなあ……）

そんなことを考えていると、朋子が持ってきた洗面器をサイドテーブルに置いた。

「汗をかいてるみたいね、拭きましょうか」

朋子は洗面器に張った湯にタオルをつけ、準備をしている。

「あれ？　いつものナースさんじゃないんですか？」

「なあに、おばさんじゃ、いやっていうこと?」

師長の朋子はちょっと拗ねたような顔をする。

さすがに一週間も会っていると、くだけてきていい感じだ。

まあそもそもベテランで、患者のあしらい方もうまいから、距離を縮めやすかったというのもある。

「そんなことありませんよ。師長さん、美人だし」

「はいはい、そんなこと言っても、何も出ませんよ」

と言いつつも、朋子の顔は少し赤らんでいる。

(お、悪くない反応だな……よーし、やっぱりこっちの線でいくか……)

とっかかりがなかったから困っていたところだが、今の女らしい表情はチャンスだと思った。

「上半身から拭いていくわね」

朋子が言い、布団が腰のあたりまでめくられた。

なすがままになっていると、朋子が身を寄せてきて、竜司の入院着の前をはだけさせる。

上半身だけ裸にされた。

（おっ……）

身体を寄せてきたので、目線を下に向ければ、白衣越しにもゆたかな乳房が下垂して揺れているのがはっきりわかる。

（で、でかいな……それに、いい匂いがするじゃないか）

朋子の全身から、甘ったるい匂いがふわりと立ちのぼる。

病院で働いているのだから、香水の類いは一切つけてないはずである。

なのに四十二歳の美人師長は、ムンムンとした色香を発している。

（やばいな、ムズムズする）

股間を隠そうかと思ったが、いや、今回はこれでいくのだと思い直して、そのままにした。

入院着は薄いので、股間の隆起がはっきり見えている。

朋子はちらっと竜司の股間を見て、何事もないようにタオルで竜司の身体を拭きはじめた。

まあ男性器なんて、ナースであれば見慣れているのだろう。

「ずいぶん鍛えてるのね」

胸のあたりを拭きながら、朋子が言う。

「都内でエステ店に勤めてるんです。毎日ずっと施術ですからね。体力がいるんですよ」

適当な嘘をつく。

「エステティシャンってことね。いいわねえ」

朋子はウフフと笑った。

笑うとツンツンした表情が崩れて、愛嬌が出てくる。

やはり悪くない。

「いいわねって？」

「だって、そういうところに行ってみたいけど、行く暇がないもの。そんなお金もないし」

「退院したら、招待しますよ」

「あらホント？　うれしいわ」

朋子が柔和な表情を見せながら、首筋を拭いてくれる。

もう一度、目の前にある美人師長の顔を、竜司はマジマジと眺めた。

眼鏡の奥の目は切れ長で、睫毛が長くてぱっちりとしている。

白い肌はやはり四十二歳とは思えぬほどキレイで、深夜も働くなら大変だろうに、その疲れは顔には見えない。

それどころか逆に、歳を重ねた色気のようなものがにじみ出ている。

もしかすると、若いときよりエロいんじゃないかなと思わせてくれる、そんな美熟女だ。

(こりゃ、こっちからお願いしたいくらいの、いい女だな)

じっと見ていると、ふいに朋子がこちらを見た。

「何かしら?」

「いや、師長さんの肌、キレイだなと思って」

ストレートに口説き文句を言うと、朋子はわずかに顔を赤らめる。

「さっきから、なんなのかしら? こんなおばさんをつかまえて。そんなこと言っても規則を緩くするなんてしないわよ」

「わかってますよ。ホントのことですから。師長さん、結婚されてるんですね」

ちらりと左手の薬指を見る。

「ええ、もう二十年になるわ」

「へへえ、そんなに……お子さんは?」

「高校生の息子がひとりよ」

「そんなに大きい子がいるようには見えないですねえ」

「ウフフ、そうかしらね」

朋子はまんざらでもなさそうな顔をしつつ、竜司を横向きにして、背中を拭いてきた。

さすがベテランナースだ。手慣れた様子である。

そして再び仰向けにされて、脇腹を拭いてくれてる。そのときだ。

目の前に白衣の胸元をこんもりと盛りあげ、たわわなふくらみが近づいた。

(こりゃあ、たまらん……)

朋子が身体を動かすたびに、鼻先で柔らかそうなバストが、たゆんたゆんと揺れ動いている。

「ウフッ」

師長は竜司を見て、妖艶な笑みを見せてくる。

(なるほど、わざとか……しっかり女をやってるじゃないか)

しかもだ。

腕を拭いてくれるときに身体がくっついてきて、今度は白衣越しの胸のふくらみが腰のあたりにしっかりと押しつけられた。

完全に女を出してきてるな……。

そう思いつつ、竜司はふくらみの余韻を楽しんだ。

(ずっしりしてるのに……さすが四十過ぎだな、柔らかい)

美熟女のバストを楽しんでいると、股間が本格的に硬くなるのを感じる。

「ああ、ちょっと、師長さん」

「なあに」

「すみません、ちょっと、小便が……」

言うと、朋子は平然と股間のふくらみを見る。

「そういうのって、もう少し普通は恥ずかしそうに言うものよ」

「ああ、そうなんですか」

竜司は珍しくドギマギした。

朋子の眼鏡の奥の目が、なんだか妖しく光っていて、妙に艶めかしい表情をしていたからだった。

竜司は女に対して、気後れするようなところはない。

だが、相手が真面目なナースなら話は別だ。

白衣の天使や、女医さんというのは、今まで一度も抱いたことがない。

（まっとうな仕事をしている女とは、接点がなかったからな。真面目な女も箍《たが》が外れるとすごいらしいが）

そんなことを考えるだけで、入院着の下のペニスが、ビクビクと脈動してしまう。

「やだもう……ホントにおしっこしたいだけなの？」

「もちろんですよ」

ニヤニヤ笑いながら見つめると、朋子は少し恥じらいながらも、入院着のズボンとブリーフを引き下げる。

びゅん、と黒光りする怒張が飛び出した。

「やだ……」

朋子は眼鏡の目の下を赤く染めながらも竜司の根元を持って、棚にあった尿瓶を取って切っ先を入り口にあてがった。

「あ……」

朋子はさらに困惑した様子を見せる。

竜司の肉竿が太すぎて、ほんの少しの先しか入らなかったのだ。

「待って、このままだと、おしっこが垂れちゃう……もう少し、小さくできないの、これ」

「ああ、すみません……師長さんにさっき、おっぱいを押しつけられたら、こうなっちゃって、まいったな」

適当な軽口を言うが、朋子は怒らなかった。

「ウフフ、オチ×チンが、もうはち切れそうね……少し小さくしないと、出ないでしょう、これ」

とはいえ、もうガチガチに勃起していて、ガマン汁をふきこぼすほど大きくなっている。

ホルモン臭が、顔をしかめるほど臭ってくる。

時間が経たないと、小さくなりそうもない。

というか、するつもりもないが。

「ンフッ……いやらしい臭いね。ねえ、誰にも言わないでね」

いきなりだった。

手が下にいき、勃起を握り込んでくる。

(おおっ……)

逆手に握った手首を上下に動かして、美人師長は勃起を撫ではじめた。

しなやかな指によって表皮が甘くこすられ、ペニスの芯が熱く疼いていく。

悪くない手コキだった。

やはり看護師だ。

ペニスの扱いには慣れているのだろう。

腰がグスグスとして、とろけてしまいそうだった。すぐに会陰がひりつくほどの快楽がせりあがってくる。

「フフ……ヒクヒクしてるわね」

朋子は眼鏡を外すと、白衣のポケットにしまう。やはり眼鏡を取ると、美人度が増す。

「そっちの方がいいですよ、師長さん」

「ありがとう。でもね、もう慣れちゃって。眼鏡をしてないと、裸を見られているみたいで恥ずかしいのよ。ねえ、少しおしっこガマンできるわよね」

「ええ、実は小便なんかする気はありませんでしたから」

正直に言うと、朋子は呆れたような顔で睨んでくる。

「ホントにもう……」

苦笑しながらも、股ぐらに顔を寄せてきた。

そしておもむろに舌を出して、ねろねろと肉竿の部分を舐めはじめたのだ。

「おおっ……」

美人看護師にペニスを舐められるという興奮に浸っていると、さらに朋子は大きく口を開け、怒張を頬張ってきた。

「くっ……」

美熟女ナースの温かな口粘膜に、切っ先が包まれる。

だがすぐに朋子は勃起を吐き出した。

「あん、いやだわ、ホントに大きいのね。先っぽしか咥えられないかも」

「そんなことないでしょう」

竜司が返すと、朋子はウフッと笑い、大きく口を開けて亀頭を飲み込んだ。

たまらない。

痺れるような甘美な感触に、竜司は仰向けのまま腰を浮かせた。

「……んぅぅうん……んんっ……」

朋子は勃起の根元を持ち、じゅる、じゅるるる、と唾液の音を立てながら顔を打ち振り、吸いあげてくる。

「おおっ……」

温かい口に包まれて、ぷるんっとした柔らかな唇で甘く皮をこすられる。腰が痺れてきた。

「ン、んふっ」

美熟女が口に含んだまま、噎《む》せた。

どうやら竜司のペニスが、口の中で大きくふくらんだらしい。

朋子は上目遣いに、せつなそうな目を向けてくる。

だがそれでも吐き出さずに、ペニスを咥えたまま、さらに奉仕を続ける。

顔を打ち振るたびに、唾液まみれのチ×ポが、女の口から出たり入ったりを繰り返している。

本物のナースに、しかも病室でフェラチオされるというシチュエーションに竜司の興奮が高まっていく。

「くうう、うまいね、師長さん」

正直に言うと、咥えたまま朋子が見あげてくる。うれしそうだ。

切れ長の目が潤んで、なんとも色っぽい。

(さすが四十二歳の人妻だな……)

朋子はいよいよ頬を窄めて、半分ほどまで咥え込んできた。

ナースキャップがずれて、前髪がハミ出ている。

そのさらさらの前髪が下腹部を、さわっ、さわっと撫でてくる。

「おううっ……気持ちいいっ……」

竜司は身体を震わせて、感じた声を漏らす。

咥えたまま、美熟女ナースが見あげてきて、むふっ、と微笑んだ。

今度はおしゃぶりしながら、亀頭のエラの部分や裏筋をぺろぺろ舐めてくる。

「おお……」

小水の出る鈴口まで、舌で舐められる。

身体の奥から、ジンとした甘い痺れがふくれて、ぶるる、と震えた。

「おううっ……たまらん。出そうですよ、師長さん」

竜司がたまらず呻き声を漏らすと、朋子はスパートをかけるように、じゅるるる、と唾液の音をさせながら、一気に奥まで頬張ってきた。

(ぐおお……イカせる気か……)

チ×ポ全体が熱くなって、竜司はもういてもたってもいられなくなった。

「……くっ、出るっ……」

とうとうこらえきれなくなって、ナースの頭をつかんだ。

「くうう……」

切っ先から、じわあっと温かいものが出ていく感覚に会陰がひりついた。

竜司は腰を震わせながらも、朋子の口中に、どくっ、どくっ、と熱い精液を注ぎ込んでいく。

（き、気持ちいいな……うまいじゃないかよ……）

人妻ナースのテクニックに感嘆しつつ、陶酔に包まれたまま竜司は射精を続ける。

（まさか、フェラチオで出すなんてな。何年ぶりだ）

人並み以上に女の経験があるので、射精はコントロールできているつもりだが、今のフェラチオはどうしようもなかった。

久しぶりというのもあったし、朋子がうまかったのもあっただろう。

しかし、それよりもだ。

水商売でも風俗の女でもない、真面目そうな看護師に病院で咥えられるという禁忌が、興奮を極限まで煽ってきたのだ。

（それにしても、口内発射を許してくれるとはな……）

それも意外だった。

だが朋子は竜司の期待をよい方に裏切り、最後まで口を離さずに、それどころか残滓《ざんし》までをすするように吸い出してくれた。

「おおう……」

激しい吸引に、竜司は腰をくねらせる。

ペニスの芯までくすぐったくて、全身がぞわぞわした。

ようやく師長が、ゆっくりとペニスから口を離した。

ぴったりと唇を閉じて、頬をふくらませている。

(おっ、この師長さん……飲むのか)

ティッシュに吐き出すとばかり思っていたら、朋子がリスみたいに頬張らせながら、ウフフと含み笑いした。

そうしてゆっくりと口を開けて、見せてくる。

ナースの口の中が、自分の出した白濁液でいっぱいになっている。これはなかなかそそるシーンだ。

朋子が目を閉じた。

唇も真一文字に引き結んで、すぐにゴクッ、ゴクッと喉を動かした。

(エロいじゃないかよ……)

ンッ……と最後まで飲み込んでから、朋子が目を開けて、ふっ、と笑った。

朋子の口から栗の花の匂いが、ふわっと立ちのぼった。

美貌が赤らんでいて、すごく色っぽい。

「ふうっ、おいしかったわ」

「大丈夫ですか？　業務に支障が出ないといいけど」

「平気よ。ああ、でもようやく小さくなったわね。おしっこする？」

言われて、少し尿意をもよおしたので、尿瓶に小便をする。

「ありがとうございます。お礼にマッサージしますよ」

「あら、うれしいわ」

「夜、どこかでふたりきりになれる場所はありますか？」

「え？」

朋子が眼鏡をはめながら、察したようにはにかんだ。そういう表情はなかなか可愛い。

「隣の病室、今は開いてるから……そこなら……今日は私、夜勤だから」

一時間だけ空いている時間があると言われ、そこで待ち合わせることにした。

ギプスがもどかしいが、まあおかしな体位をしなければ、邪魔にはならないだろう。

朋子は尿瓶を持って、部屋の出口に向かう。

白衣の尻が揺れるのを見つめながら、竜司はほくそ笑んだ。

4

深夜――。

同室の男が寝静まった様子を見て、竜司は松葉杖をつきながら、隣の病室に行く。

薄暗い中、すでに朋子はベッドの端に腰かけていた。

まだ勤務中だから白衣のままだ。

その白衣の胸元を大きく隆起させる悩ましいふくらみと、ワンピースタイプの白衣の裾から見える形のいいふくらはぎ。そして、引きしまった足首へと流れていく脚線美。

服の上からでも見事なプロポーションと成熟した肉体、そして匂い立つような色香が感じられる。

たまらなかった。

眼鏡をすでに外しているが、やはり外した方が美人だ。ナースキャップで結わえた髪型と、端正な顔立ちがよく似合っている。まあこれだけ整った目鼻立ちなら、どんな髪型も似合うだろう。

「じゃあ、お願いするわね」

朋子は切れ長の目を細めて、ニコッと笑う。

その誘うような目つきに、竜司もドキッとした。もちろん、これから何をされるかは、わかっているのだ。

「すみません、では、うつ伏せで」

朋子は言われたとおり、サンダルを脱いでベッドに寝そべった。

（おおう……）

竜司は舌なめずりをする。

うつ伏せている人妻ナースの肢体は悩ましすぎた。

大きすぎるヒップが、小山のように持ちあがっており、薄い生地だからパンティのラインが完全に響いていた。クロッチのラインまでバッチリと浮いて見えている。

見事なまでにでかいケツから、ほっそりした腰、さらには白衣越しにもわかるしなやかな背中のライン……。

プロポーションのよさが竜司の興奮をかきたてる。

(でかくて色っぽいケツだな。四十二歳の人妻か。いい完熟ぶりじゃないか)

期待に胸をふくらませつつ、そっと背中に手をやった。

軽く揉みほぐしていくと、服の上からでも、しっとりした肌の滑らかさが指先に伝わってくる。

「ああ……上手ね……」

朋子がうっとりした声を漏らしはじめる。

もちろんマッサージ経験などあるわけがない。

だが、ホストまがいのことはしばらくしていたのだ。女の扱いには長けているという自負がある。

竜司は背中から、腰の方へと指圧していく。

さすがに腰まわりも肉がついているが、十分に細い。いや、逆に適度に脂が乗っていて好みの腰つきだ。

ググッと指で押していくと、

「ああん……気持ちいいわ」

と、朋子がうっとりと言いつつ、悩ましく腰をくねらせるので、竜司はさらに欲情してしまう。

(なんて色っぽいナースなんだよ……)

もうたまらなくなってきた。

もとよりただの指圧マッサージで終わるつもりなどない。

やるなら性感マッサージだ。

竜司は手をさらに下に持っていき、白衣越しにも量感あふれる尻肉を、そっと揉む。

「ンンンッ……」

美熟女ナースが身をよじる。

いよいよという期待があるのだろう。うつ伏せながら、肩越しにちらりと欲情した目を向けてくる。

(フフ、期待してもらっていいですよ)

さらに、ぐいぐいと指を食い込ませるように大きなヒップを揉みしだいた。

四十二歳の女盛りのヒップは、軽く揉んだだけでも、悩殺的な触り心地を手のひらに伝えてくる。

「ううんっ……ああ……ああ……」

朋子はしどけない声を漏らし、次第にベッドの上で女体をくねらせはじめた。白衣の裾がズレあがって、白いタイツに包まれた太ももが露わになる。ムチッとしていて柔らかそうな太ももだった。

竜司はいよいよ、尻丘からその肉感的な太ももへと手を滑らせ、手のひらでじっくりと揉みしだく。

「あっ……」

朋子がピクッと肩を震わせる。

しばらく指を使って太ももを揉んでいくと、ハアハアと荒い息づかいが聞こえてきた。

「ずいぶん感じやすいんですね」

「そんなことないけど……正直言うと、久しぶりなのよ、触られるなんて」

「どれくらい？」

「もうわからないくらいよ。ねえねえ、これってマッサージよね」

美熟女ナースが肩越しに色っぽい目つきをした。

目の下が淫らなピンク色に染まっている。なるほど、一応の言い訳はつくっておきたいわけか。

「もちろんですよ。ただ、女性らしさを取り戻すためのものですから、少しきわどいところも愛撫すると思いますよ。仰向けになってください」

「え……仰向け……？」

朋子は上体を起こしながら、ねっとりした目を向けてくる。

いよいよ、という期待した視線だ。

その期待に応えるべく、竜司はベッドの上に乗って、朋子の足先に移動する。

（たまらんな……この身体……）

仰向けになっても、白衣越しのふくよかな胸のトップは型崩れせず、堂々と上にせり出している。

竜司は血走った目で、朋子の胸のふくらみを楽しんでから、いよいよ右の太ももをつかんで広げさせた。

「あっ……」

美熟女ナースは恥じらい、腰をよじらせる。

白衣の裾がめくれて、白タイツに透けるパンティが見えた。

いかにも地味で真面目な師長さんに似合う、ベージュのパンティだ。

(普段使いの地味なパンティが、エロいじゃないか……)

竜司は昂ぶりながら、指先でデリケートな女の鼠径部をグッと揉んだ。

「んんんっ……あっ……あっ……」

朋子の腰が、ビクッ、ビクッと震える。

本人は恥ずかしいのか、感じているのをこらえているようだが、腰の淫らな動きからは、淫らに反応していることが丸わかりだった。

竜司はさらに責め立てようと、パンストとパンティ越しの股間に指を密着させた。そおっとスリットに沿って前後に手のひらを動かせば、

「んんっ……」

それだけで、朋子はたまらないとばかりに腰を浮かす。

声が漏れそうになったのだろう。自分の右手を口元に持っていき、人差し指の背を軽く嚙んだ。

(ああ、そうか……)

深夜の病棟にあえぎ声があがるのは確かによくない。

それに加えて、感じた声をガマンさせるというのは、なかなか効果的だった。

「声はガマンしてくださいね」

こっそり言うと、朋子は指を噛みながら、うんうんと頷く。

竜司はパンストの布地に浮き立つワレ目を、人差し指と中指の二本でねちっこく撫でてやる。

「うぅ……んんっ……」

朋子は指を噛んだまま、いよいよハアハアと熱い喘ぎをこぼしはじめた。

だけどパンティも白タイツも脱がしてやらず、ただ上からワレ目を薄くなぞってやるだけだ。

愛撫はフェザータッチの方が女はもどかしさが募っていく。

経験のある女ほど、それが効くことはわかっている。

竜司ももちろん欲望のままに抱きたいと思うのだが、それを押し殺してギリギリのタッチで責めてやる。

「んんんっ……んんんん……」

呻く朋子の身悶えの仕方が、次第に大きいものに変わっていく。

首筋に汗を浮かばせて、甘ったるい匂いが強くなるのは、発情してきている証拠だ。

そのうちにパンティの内側に、ぐにゅりと肉の柔らかさを感じた。

上下にしつこく撫でるごとに、布地が亀裂に沈み込んでいき、タイツの表面が湿りはじめていく。

(ククッ……もうこんなに濡らして……)

パンティの替えがなければ、今日の深夜勤務はノーパンで過ごさねばならないだろう。

それほどまでに、朋子の白タイツの股間は湿り気を帯びてきている。

「ハア……ハア……アアんッ」

人妻ナースはついに指を噛んで声を隠すこともできなくなり、湿った声を漏らしはじめる。タイツ越しのパンティの股間部分に、うっすらと恥ずかしいワレ目を浮き立たせてきていた。

それを指でツゥーッと静かに押さえ込むと、

「ンッ! あっ……あっ……だめっ」

と、朋子はベッドの上で女体を波打たせる。

必死にこらえようとしているが、美熟女ナースの両脚はもう、あられもない姿で開ききっている。

もっと触ってといわんばかりに太ももがヒクヒクと痙攣し、タイツに包まれた爪先をさかんに伸ばしたり丸めたりしている。

顔をのぞけば、美しい人妻の眉間に、悩ましい縦ジワが刻まれている。

長い睫毛を瞬かせ、上品な唇を半開きに開けた四十二歳の美熟女ナースの苦悶の表情は、息がつまるほどの艶っぽさだ。

目はうるうるして、いまにも「入れて」と泣き出しそうである。

（よおし……）

「ちょっとマッサージしづらいですね。脱がしてもよろしいですか？」

「あ……ああっ……お、お願いっ……」

早くも籠絡されそうなうわずった声で、朋子は哀願する。

ワンピースの白衣は、臍くらいまでファスナーがついている。それを下ろして肩から抜くと、ベージュのブラジャーに包まれた大きな乳房が露わになる。

ホックを取り、ブラを腕から抜くと、巨大な乳房がまろび出る。

（おおっ、やっぱりでかいな……）

ずっしりとした量感あふれる双乳は、仰向けだからわずかに左右に広がっているものの、十分な張りを見せている。

静脈が透けて見えるほど乳肉は白く、突起が赤々としていやらしく映る。

ワンピースの白衣を脱がしてやる。

あと身につけているものは、白タイツとその下のパンティだけという、人妻の美しいセミヌードに竜司はほくそ笑んだ。

なめらかな柔肌。しなやかな身体のライン。豊満な乳房を隠して上背を丸める姿が色っぽい。

（いい身体してるな……特にこのバスト……）

竜司は量感たっぷりのおっぱいを、裾野からすくうように揉みしだいた。

「あっ……あっ……」

朋子が小さくのけぞり、視線を宙に浮かせる。

竜司はさらに指の先で乳頭を転がしながら、顔を近づけて、そのピンクの乳首をチュゥゥと吸いあげた。

「ああんっ……」

朋子が気持ちよさそうに喘いだ。

声を押し殺すことは完全に放棄したようだ。

（もうマッサージどころじゃないな……）

竜司は硬くなった乳首を、ねろねろと舌で舐め転がしつつ、タイツとパンティに手をかけて一気に引き下ろす。

「あああ……」

師長の漏らした声からは、濡れた恥部を露わにされた恥じらいと、ついに直接感じる場所を責めてもらえるという歓喜が混ざり、ひどく女らしい生々しい喘ぎに聞こえた。

（むうう……すごいな、こりゃ……）

噎せるような発情した匂いを嗅ぎながら、片方の足をぐいっと持ちあげる。

「ああっ……」

朋子が顔をそむけてイヤイヤする。

漆黒の翳《かげ》りの奥に、ピンクの花びらが現れる。

女性器の縁は、蘇芳《すおう》色に色素沈着していたが、粘膜はキレイな薄鮭色をして輝いている。

中身はひくひくと物欲しげに息づいて、熱い花蜜をしとどに漏らしていた。

竜司は、鼻につくような濃密な香りに吸い寄せられるように顔を近づけて、性器のまわりを舌で舐めあげる。

「くううっ……」

まだ肝心なところに触れていないのに、美熟女ナースは全身をビクビクと震わせた。素っ裸に剥いた素肌には、女の発情を示すように、甘ったるい汗がにじんでいる。

竜司は膣粘膜をいじりたいのをこらえながら、おま×こには触れずに、まわりの会陰や鼠径部を指で撫でつけ、脇腹や臍をちろちろと舐める。

「ああっ……あああっ……」

朋子は感じた声を漏らすものの、じれったそうに身体をくねらせて、こちらをすがるように見つめてくる。

物欲しそうな目を、ニヤニヤと笑ってやり過ごしつつ、今度はおっぱいの脇を、円を描くようにくすぐってやる。

「くくっ……あぅぅん……」

朋子はのけぞり、甘えるような声を漏らす。

もうたまらないのだろう。朋子はぼうっとした目をしながらも、右手を伸ばして竜司の入院着の股間をさすってくる。

（くっ……）

昼間に一度、フェラチオしているからだろう。

すでに竜司の感じる部分を知っているというような、かなりいやらしい手つきだった。

このままではこちらの快楽が先に押しあげられてしまう。

それを察して、先手を打った。

股間に顔を寄せていき、下からワレ目をぬるっと舐める。

「あっ……！　あうぅぅぅ！」

朋子は気持ちよさそうに顔をせりあげ、大きく腰をくねらせた。

上目遣いに見れば、乳首を尖らせたおっぱいが揺れ弾み、清楚な美貌が喜悦に歪みきっている。

ようやく欲しいところを愛撫してもらえたのだ。

この淫らな反応は当然だろう。

(しかし、相当溜め込んでるな、この反応……旦那にいじってもらえないのか)

四十二歳とは思えぬほどの美貌とスタイルのよさだが、やはり結婚生活が長く続くと飽きてくるのだろう。

ならば旦那に代わって、いやそれ以上に可愛がってやる。

ねろり、ねろり、と花びらを舐めれば、膣奥からはまた新たな分泌液が、こぷっ、と垂れこぼれてくる。

さらには朋子の両脚を持ちあげ、大きく開かせて恥ずかしいM字の格好にさせる。両手で太ももを押さえながら、本格的にピンクの狭間に舌を走らせた。

「くうう……あっ……あっ……あぅぅ……」

朋子は首に筋が浮かぶほど、キツく顎をそらす。

濃厚な人妻の発情した味と獣じみた匂いがツンとくる。

だが、それがいい。真面目なナースも一皮剝けば、セックスに溺れたい女だとわかる。

竜司はクリトリスを舌でねぶりながら、膣穴にぬぷりと指を差し込んだ。

「い、いやあああ！」

恥辱のM字開脚を強いられている朋子は、あられもなくよがり泣き、ちぎれんばかりに顔を振る。

この快楽との引き換えに、朋子から情報を引き出すのだ。

そう思いつつも、竜司も人妻ナースの乱れっぷりに、いよいよ夢中になりかけている。

（こりゃたまらんな……）

「丸見えですよ、朋子さんのアソコが……ひくひくして……ぐっしょりだ」

「い、言わないで……いやっ、ああっ、許してっ」

朋子はもう半狂乱で、ナースキャップが外れた頭を振り乱している。

上気した頬に、艶めいた栗髪がほつれてへばりついた様子がなんとも凄艶だった。

「ほら、もっと欲しいって、おま×こが震えていますよ」

「……いやっ……もう……ああんっ……あああっ……」

たえられない、とばかりに朋子が腰をくねらせる。

じっとり汗ばんだ乳房が、いきおい、たゆん、たゆん、と揺れ弾む。もう見てすぐわかるほどに、乳首が屹立しっぱなしだ。

「いいんですよ、正直になってください」

言葉で責めながら、中指をずっぽりと奥まで埋めて、ねちっこく攪拌《かくはん》する。

「ぁああ……そ、そこ……ああんっ、だめっ……あっ、あっ……」

だめと言って腰を逃がそうとするも、抵抗は弱々しい。

竜司は左手で開いた脚をしっかりと押さえつけながら、合わせて敏感なクリト

リスを丹念に舐めしゃぶる。すると、

「う、うう……ああっ、だめっ……だめぇぇぇ」

朋子はかぶりを振り立てる。

これ以上されたら、どうにかなってしまう……開いた両脚から見えた表情は、両目を見開いて、今にも泣き出しそうだ。

竜司は、ぐじゅ、ぐじゅ、と指を激しく出し入れさせながら、小さな真珠のような女芯に咥えつき、ちゅううぅぅ、と吸い立てる。

「くぅぅぅ！　い、いやぁぁぁ、あああっ……」

朋子のそりかえりがキツくなり、腰がぶるぶると震えている。とたんに膣口がキュッとしまり、出し入れしていた指を締めつける。

「ゆ、許して……お、お願い……い、イキそう……だめっ、私……久しぶりなの……あああっ……ま、待って、お願いっ——」

ヒップがくなくな揺れて、足先がキュッと丸まっている。

「い、入れてっ……お願いっ……オチ×チン、オチ×チン入れてぇ！」

恥も外聞もなく、真面目なナースが咆吼する。

「いいですとも。その前に訊きたいことがあるんです」

「な、何？　何を訊きたいの？」

もう泣きながら、朋子は急いた顔を見せてくる。

「石田美香子という女医がいましたね。失踪しているという。何か知ってるでしょう？」

朋子は一瞬「え？」という顔をした。

しかし、竜司が手首をひねり、膣内部のＧスポットをぐりぐりと刺激してやれば、

「ああっ、はぁぁぁぁ！」

と、再び狂うほど乱れて、全身を痙攣させる。

「どうなんです？」

「あ、あれは……あれは……嫌いだったのよ、あの先生が……いつも高飛車で生意気で……だから、相談したのよっ」

「誰に？」

「い、院長夫人よ」

「院長夫人？　飯星《いいぼし》律子《りつこ》ですか？」

「そうよ。あの人が人事にも口を挟むから。そうしたら、美香子先生の旦那のカ

ルテをこっそり渡してくれって。旦那さん、腎不全の患者で、この病院にずっと入院していたの」

「なるほど。で、その旦那さんはどうなったんです？」

朋子は一瞬、考えるような表情をした。

「ああ……多分、手術を終えたと思うんだけど、詳しくは知らないわ」

「なるほどね……まあいいや。十分ですよ、師長さん」

「ちょっと待って……ねえ、あなた、あなたは誰なのっ？　美香子先生の知り合い？」

快楽の狭間にいながらも、朋子は必死に訊いてくる。

「ククッ、まあそんなもんです。大丈夫ですよ、師長さんには迷惑をかけませんよ」

「ホ、ホント？　ホントよ……私、ただカルテを渡しただけなんだから……はあああんっ、言ったわ、だから、早く、早くちょうだいっ」

朋子はクイクイと指を食いしめつつ、媚びいったスケベな顔を見せてくる。

（効き過ぎたかな、こりゃ……）

と言っても、こっちも限界だった。

竜司は指を抜くと、全裸になって覆い被さった。

「いきますよ」

耳元でささやいた竜司は、腰をつかんで引きよせて、そそり勃つ肉棒で狭い肉を穿っていく。

亀頭がびっしょり濡れた肉壺をかき分け、奥までスムーズにめり込んでいく。

「はぅぅぅぅ！　だ、だめっ、大きいっ……ああんっ、こんなの……イクッ……もうイッチャぅぅ！」

竜司は正常位のまま、フルピッチで朋子の肉を突きあげる。

それにしてもだ。

嘘は言ってないとすると、これはなかなかやっかいだった。

（院長夫人か……）

入院する前に、病院のホームページで確かめていた。

もともとは、テレビなどにも出ていた元ニュースキャスターだ。結構な美貌で人気もあったような気がする。

竜司は舌なめずりしながらも、さらに最奥まで一気に貫いて、旦那では味わえないであろう、大きな快楽を美熟女ナースに刻みつけてやるのだった。

第二章　院長の娘

1

「臓器移植か……」

電話の向こうで弁護士の梅原は、難しい声を出した。

「日本が遅れているのは、一九六九年の日本で行われた初の心臓移植手術が大きい。医師は殺人罪で起訴されて……あとで証拠不十分で不起訴になったが、そこから日本では移植手術に二の足を踏むようになった。おまえも知ってることだろう?」

梅原が抑揚のない声で言う。

素っ気なく言うと、梅原は長年のつき合いのせいか、ピンときたようだ。

「どこまで調べたんだ、教えてくれ。臓器移植がどう関係してる？」

竜司は携帯電話を持ちながら、窓の外を見た。

救急車が玄関に入ってきた。

何人もの医師が、慌ただしそうにしている。

「まだわからん。だがな、これは仮説だぞ」

「おう」

「もし女医やナースをハニトラ要員にするなら、弱みを握らなければならん。進んでやる女はいないだろう。だったら、そういう商売をするからな」

「まあそうだ」

「だとしたら、琴美さんたちが言ったとおりに、無理矢理にやらせるとしたら、なにか弱みが必要だ。そこで、臓器移植だ」

「うん？　どういうことだ」

梅原が聞いた。

「石田美香子を調べたら、旦那が移植を必要としていた。他の失踪していた人間もそうだ。身近に、移植手術を必要とする人間がいた」

「偶然じゃないのか？」

「わからん。偶然かもしれん。ただ、それを餌に枕営業をさせるっていうのは、荒唐無稽かもしれんが、ありえないことじゃない。特に院長夫人までからんでるなら、組織ぐるみかもな。これから琴美さんたちが来るから、聞いてみるつもりだ」

「なるほど、だからか……」

梅原が妙なことを口走った。

「だからってなんだ？」

「え？　いや……だから……神様がおまえに話をもっていったのかなあと思ってさ。おまえはあまり話したくないだろうが、玲子《れいこ》さんのことは」

竜司は亡き妻のことを言われ、ふんと鼻を鳴らした。

「その話はもういい。しかし、今回のは面倒な仕事だぞ。春風なんとかと保福省の官僚のつながりなんか、本来俺には関係ない話だ」

「まあそういうな。たまには人助けもいいじゃないか。玲子さんも浮かばれる」

「だから、その名前を出すな」

竜司は電話を切った。

やれやれだ。

(今さら、玲子の話なんて……)

竜司の亡くなった妻は、病院で外科医をしていた。

ある日のことだ。

腎臓移植が必要な患者が出てきたのだが、本来はドナー待ちのところ、その身内が臓器提供をすると言ってきた。

これなら優先的に助かるかもしれない。だが病院はやらなかった。

失敗したときのリスクをとったのだ。

もし失敗したら、病院はバッシングにさらされる。だから、やらなかった。

残念ながら患者は亡くなったが、当然遺族は病院を訴えた。

ところがだ。

病院は玲子がやらないと言ったと、主張したのである。

マスコミは「医師が自分のリスクのために、患者を見殺しにした」と書いたせいで世論は玲子を糾弾した。玲子は精神的に追いつめられて、自ら命を絶った。

裁判は玲子がいなくなったことで、遺族と病院の和解が成立した。

失意の竜司はそれで仕事を辞めたのだ。

あれから十年。

世間ではもう事件はとっくに風化しているのだが……。

2

事務所の入り口ドアを開けると、千佳がお茶の用意をしていた。女子大生のわりに事務職も板についてきたなあと思う。

頭も悪くないから、これなら大学卒業したら、いい会社に勤められるだろう。

「おかえりなさい、竜さん。でも、いいの？　勝手に抜け出したりして」

「平気だよ。あそこには何百人も入院患者がいるんだぞ。ひとりぐらいバレないって。それに、朝から晩までギプスなんかしてたら、脚が腐っちまう」

竜司は左足をひょいとあげて見せる。

「なんか適当だなあ」

「いいんだよ。それに、七瀬先生も会うのは病院外の方が好都合らしい」

言うと、千佳がジロッと睨んだ。

「美人のことになると、すぐ鼻の下が伸びるんだから……で、もう来てますよ。その美人とイケメン」

「イケメン？　ああ沢木とかいう医者か」

部屋の中に入ってソファを見れば、琴美の隣に若い男が座っていた。イケメンだ。

男は竜司に気づくとすぐに立ちあがり、名刺を差し出した。

『外科部長　沢木裕一郎《ゆういちろう》』と書かれている。

「沢木です」

男はニコッと笑った。

眩しいくらいのさわやかな好青年だ。

まだ若そうだが、これで部長なら相当のやり手なのだろう。

背も高くハンサムでK病院の医師。一緒にキャバクラに連れて行ったら、モテるだろうな、とつまらないことが頭に浮かぶ。

「沢木先生は、私たちとともに、春風グループの撲滅を考えているんです。もちろん、表立っては言えないですが」

琴美が言う。

今日は白いブラウスにフレアスカートという、また一段と清楚な格好だ。

「どうして表立って言えないんです？　そんなヤバいグループがあったら、みんなで手をあげて告発するべきじゃないのか？」

竜司が言うと、沢木と琴美はちらりと顔を見合わせた。

「怖いんですよ」

沢木が言う。

「怖い？」

「K病院は大きすぎるんですよ。医療従事者と職員だけで二千人も働いてます。もうこれって小さな村みたいなもので、部が違えば、そこはもう別世界なんですよ」

「そういうもんなのか」

「ええ」

沢木は続ける。

「医療はチームというけど、そんなこともありません。専門職が多いから、個人の職人が集まっているようなものです。それに恐ろしく忙しいから、正直、医療ミスがあったり、隠蔽があったりするのも、どこ吹く風というか。ハニトラ営業もあくまで噂ですし……三人いなくなったところで、当事者たち以外は、ふーんという感じで」

「大病院の弊害だな」

「そう思います。特にウチは大病院には珍しく、企業立病院ですから……会社みたいなものですから雇われという意識が強いんです。医師、看護師、薬剤師みんな社員扱いですからね。大学病院や国立病院とは違います。それに加えて、ウチはマスコミや保福省ともパイプが強いですから。噂レベルを言い出しても書いてもらえませんよ」

「インターネットはどうだ。アレなら匿名で書き込んでも、広げることができるだろう」

「ウチはもうすでに、あることないこと書かれていますからねえ。やれテレビに出過ぎとか、上級国民御用達の金持ち病院とか……」

竜司はそこまで聞いて、うーんと唸った。

「しかし、聞いていると、いろいろそっちでわかっているようだが、それでも俺が必要なのか？」

核心を突いた。

琴美が今度は口を挟んだ。

「私たち、院長夫人のことまではわかりませんでしたよ。いったいどうやって、調べたんです？　看護師長はそんなに簡単にしゃべらないと思いますけど」

「え、いや、それはまあ企業秘密だな。やり方はいろいろある」

後ろで千佳がムスッとした顔をする。

千佳は色責めしたことを感づいているようだ。しかし知らないふたりは、しきりに感心している。

「移植手術のことは知っていたのかい？」

琴美に訊く。

「ええ……でもまさか、それが、失踪につながってるなんて……」

「優先的に移植をさせてやるから、ハニトラをしろって、まあ強引だがありえない話ではない。それが失踪にまでからむかどうかはまだ……で、石田先生の旦那さんは、手術したのかい？」

沢木に訊くと、彼は首をかしげた。

「いえ、それが薬の治療でうまくいったらしく、手術は回避したらしいです。ただ奥さんの失踪はショックだったみたいで……」

竜司は目を細めた。

「なんだかいろいろ妙な話だな……院長夫人となると……」

「飯星院長もからんでいるかもしれません」

沢木がきっぱり言った。

「なんだ。知ってた口ぶりだな」

「そうじゃないかなと思ってたんです。K病院は企業が運営してるんですが、院長は雇われでも、医療法人の病院より自由に動けるんです。つまり院長の裁量も大きくて、不正もしやすいと」

「なるほどな」

「竜司さん、院長夫人なら、娘の方がいいかもしれません」

「娘?」

「ええ。まだ若いんですが、ウチで看護師をしています」

「院長の娘がK病院にいるのかい?」

「ええ。でも両親と仲が悪いので、こちらで手なずければ、いろいろ探ってくれるはずですよ」

沢木があっさり言った。

「でも、仲が悪いならどうして、両親の病院で看護師なんかしてるんだ？」

「約束だからです。二年やってみて、それでも気にいらなかったら、辞めてもいいって言われてるらしいんです。ま看護師を辞めたら、両親の反対するアイドルになりたいみたいですよ」

「あいどるぅ？」

竜司は眉をひそめた。

「いやいや、竜司さん。今は誰でもアイドルになれますから。地元限定とか、地下アイドルとか、ユーチューバーとか。極端な話、自分がアイドルだと言えば、それでアイドルになれる」

「可愛いのか？」

竜司が訊くと、千佳と琴美がジロッと睨んできた。

「いや、ちょっと待て。興味本位じゃないぞ。そんなにアイドルになりたいなら、俺を芸能事務所の社長ってことにすればいいだろ？　お忍びで入院してきた芸能事務所の社長が、そこのナースが可愛いんでスカウトした。って、そんな感じなら話が早い」

「ああ、いいかもしれませんね。カルテの内容は変えておきますから」

宮下朋子にはマッサージ師と言ったが、それはまあごまかせるだろう。

(そういえば、あの師長さん、最近見てないな)

忙しいのかも知れないが、あの豊満な熟れた肉体は、一度抱いただけでは惜しい。

とりあえず話はついた。

沢木と琴美は最後に、

「K病院内では、絶対に自分たちの名前を出さないでくれ」

と念押しされた。

まあ院長もからんでいるなら、動きは秘密裏がいいだろう。

ふたりを出口まで送ると、

「あっ、ごめんなさい」

入れ替わり、やってきた人間がいた。

ミナミだ。

「あらあ、いい男ねえ」

ミナミが沢木を見て、色目を使う。

沢木は困ったように愛想笑いを浮かべた。

「ミナミさん、お客さんなんですから、ちょっかい出さないでくださいよ」

竜司が睨む。

「わかってるわよ。冗談よ、冗談……」

そのときだった。

竜司は、ミナミが琴美を見たときのリアクションに、違和感を覚えた。

知っている顔だったんだろうか。

しかしミナミはすぐに、何事もなかったような顔をした。

ミナミを部屋に入れてから、竜司は訊いた。

「今日はなんです？」

「いや、最近見てなかったから、入院したなんて知らなくて……なんだけど、脚はもういいの？」

ミナミが脚を見ながら言う。

「嘘だから大丈夫っすよ。いまね、入院患者のフリしてK病院に入ってるんです。潜入捜査」

「ああ、そうだったんだ。あれ……もしかして、じゃあさっきの人たちって、お医者さん？」

「そうっすよ。それより、あの女の人の顔を見てませんでした？」

「うん見てた。実はかなり前にさあ、役人の接待のアテンドしろって言われたのよね。すごい偉い人たちだからって、ツテで集めたわよお、超ＶＩＰな女の子たち。現役モデルとか、元ＣＡとか」

「ミナミさんって、そんなこともしてるんだ」

千佳が口を挟んだ。

「私、実は顔が広いのよお。でもさ、その女の子の中に、さっきの人がいた気がしたのよねえ。でもお医者さんでしょ？　私の勘違いね」

「まあ、女医さんにはもったいないくらいの美人っすからね」

ニヤニヤしていると、また千佳から睨まれた。

3

コンコンとドアがノックされて、看護師が入ってきた。

（お、これか……）

竜司は院長の夫妻の愛娘を見て、心の中でほくそ笑む。

入ってきたのは新人ナース、飯星綾子《あやこ》である。

「はじめまして。飯星と言います。今日から担当させていただきますので、よろしくお願いします。あ、大事なお話でしたか？」

綾子は、竜司の横に立つサングラス姿の大男を見た。

「すまないね。すぐすむから、ちょっとだけいいかな」

ダブルのスーツを身につけた、屈強な男が優しく言う。

正体は弁護士の梅原である。

「ってことで、部長。菅田将文と松下桃里で来期の連ドラはきまりましたから」

わざとらしく、梅原が今をときめく俳優の名前を出す。

竜司がちらっと見ると、綾子が怪訝《けげん》そうな顔をしている。

（なんでそんな大物俳優の名前出すんだよ……まあわかりやすい方がいいか。それにしてもこいつは……もう少し演技とかできないのか）

目配せするも、梅原は濃い色のサングラスをしているからか、まったくこっちの指示をくみ取る気配もない。

「えーと。続いて、来週のバラエティには、このふたりと合わせて広川鈴音をブッキングしまして……」

（今度はスーパーアイドルか。いくらなんでもやりすぎだろ……）

竜司はベッドに寝そべりながら、小さくため息をつく。

「わかった。ビジネスの話は、あとでまとめて聞くから」

このまま喋らせておいたら、どんどんボロが出そうだ。

竜司は梅原をさっさと追い返してから、綾子にニコッと微笑んだ。

「野崎さんって、芸能関係の方なんですか？」

検温のメモを取りながら、綾子が訊いてくる。

あれでよく怪しまないなと思いつつ、まあ二十四歳ならこんなもんかなと、やったことないような、さわやかな笑顔をつくる。

「いやまあ、たいしたことはないけどね」

と脇にあった鞄から、名刺を取り出して綾子に渡す。

『アップルスイート　野崎竜司』

実はアップルスイートは実在の芸能プロダクションで、以前にやくざがらみの揉め事で助け船を出したことがある。

それでそのときの恩に物を言わせて、本物の名刺をつくってもらったのだ。

「アップルスイートって、あの大きな芸能事務所の……」

「そうだよ。育成部門の部長をしてる。おっ……綾子ちゃんも芸能界に興味があるのかな」

綾子は眩しそうに目を細めて、竜司を見つめてきた。

「あります。私、子どもの頃から、舞台でお芝居するのが好きで」

「へええ」

竜司は話しながら、綾子を盗み見た。

ショートヘアに、ナースキャップがよく似合っている。

目尻の切れあがった双眸が特徴的で、可愛い中にも凜々しさがあって、お嬢様めいた清純さが隠しきれなかった。

お嬢様というと、手足が長く、すらりとしたスタイルのよさを竜司は想像してしまうのだが、綾子は小柄ながらに白衣を押しあげるバストのふくらみがすさまじかった。

ワンピースタイプの白衣なのではっきりとはわからないが、腰は細くてヒップもボリュームがありそうだ。

清楚な風貌とダイナマイトボディというギャップが、竜司の心をとらえて離さなかった。

（こりゃあ上玉だ）

大病院の院長の娘とあらば、逆玉に乗りたい気分である。

まあしかし、身分を偽ってしまったからには、きっちりとやり遂げなければならない。

「そんなに興味あるなら、一度事務所に遊びに来るかい？」

「え！　ホントですか？」

予想以上に前のめりで、綾子が目をきらきらさせてきた。

このまま抱いても、受け入れてくれそうな勢いである。

（いや、やはりしっかり落とさないとだめだな。俺に心酔して、なんでも言うことを聞くくらいにしないと）

この子に罪はないから、落とすとなると心苦しい。

だからこそ、アップルスイートには「なんとかひとり面倒を見てくれ」と言ってある。そこから仕事をつかむかどうかは綾子次第だが、道筋はつくってやるつもりだった。

一週間後——。

病院内で、綾子とはいろいろ話して打ち解けたと思ったので、竜司は退院することにした。

潜入できなくなるのはデメリットだが、さすがに二週間以上ずっといるのはよろしくないし、まあ飽きたなあというのが正直なところだ。沢木に言って、カルテを再び改竄してもらった。まあ大病院は簡単なもんだ。

その日はアップルスイートの事務所に行き、事務所には一芝居つき合ってもらって、本物の社員に綾子を紹介した。

反応は悪くなくて、綾子もかなり前のめりだった。

竜司としても、ちょっとホッとしたところがあった。

おそらくこの決意の固さなら、竜司がいなくとも、いずれはタレント事務所を訪ねていったことだろう。ＡＶの事務所等に当たってダマされるよりは、まあ一応ちゃんとした大手の事務所であれば、まずいことにはならないと思う。

「ホントによかった。竜司さんに会えて」

事務所をあとにしてから、居酒屋で飲んでいるときも、綾子はさかんに感謝の言葉を口にした。

なので、

「今夜は帰したくない」

と、くさい台詞でも、彼女は恥ずかしがりながら頷いてくれた。

どこに行こうかと考えた末、大手事務所の取締役なのでラブホテルではなく、まああの値段のシティホテルを予約した。

綾子はホテルに来たときから、今にもしなだれかかってきそうな、甘ったるい情感を醸し出している。

歩くたびにピンクのブラウス越しの乳房が揺れ、ミニスカートから覗く太ももに健康的な色気をにじませていた。

エレベーターに乗ると、ぴたりと身を寄せて腕をからませてくるので、その悩ましい乳房のふくらみの柔らかさを、肘で堪能することができた。

(たまらんな……)

先ほどふたりで日本酒を飲んだので、綾子の可愛らしい顔はアルコールでぽうっと上気して、ナース服のときよりもぐんと色気が増している。

病院では幼く見えたが、こうしてオシャレしたところを見ると、二十四歳の大人の女性だ。

「ウフフ？　なんですか？」

綾子が視線に気づいて見あげてくる。

ぱっちりした大きな目が、今は少し気怠そうに、とろんとした目つきになって見つめてきている。

たまらずエレベーターの中で唇を奪った。

突然キスされた綾子は、目を白黒させている。

その反応から、やはり経験は少ないのだと思った。

思わずギュッと抱きしめてしまい、スカート越しの尻に手を這わす。なかなかのボリュームだ。

「あっ……」

綾子がビクッとして、キスを外して見あげてくる。

「やだ、いやらしい……」

「普段はこんなことないんだけどな。綾子ちゃんが魅力的すぎるんだ」

まさにノリの軽い芸能事務所の男の雰囲気を出しつつ、綾子の身体を手探りで確かめる。

見た目よりやはり尻にボリュームがある。

ねちっこく指を食い込ませると、

「あんっ……」

エレベーターの中で愛撫されるという恥じらいを見せつつ、綾子は抵抗しなかった。

さすがに処女ではなさそうだが、やはり経験は少ない気がする。

ミニスカートをまくり、パンティ越しの尻たぶを、ムギュ、ムギュッと揉みしだく。

「あっ……だめっ……あっ……」

いやいやしながらも、綾子は甘い女の声を漏らしはじめた。

童顔ではあるが、やはりしっとりとした大人の女だ。

さらにヒップをグイグイと揉みしだく。

若さあふれる弾力がたまらなかった。竜司も仕事を忘れて興奮が高まってくる。

ホテルの二十階に着き、予約したホテルの部屋を探してから、ルームキーを差し込んだ。

ドアを開けると、なかなか広い部屋の奥にベッドがある。

カーテンが閉めてあるが、二十階なので開ければ夜景が楽しめるだろう。だがお互いが、もうそんなものに興味がなくなるほど昂ぶっていた。

ベッドの前まで来て、そのまま竜司は綾子を押し倒した。

唇を寄せると、おずおずとだが応えてくれる。

「んっ、んむっ」

柔らかな唇が、緊張で強張っている。竜司は綾子の背中に手をまわして、緊張をほぐすようにさすると、ようやく一文字に引き結んでいた唇が、わずかに離れた。

その隙を逃がさずに、唇のあわいにぬるっとした舌を滑り込ませていく。

「んっ！」

綾子が呻き、全身を強張らせる。

(噛まれないだろうな)

ちょっと怖がりながらも、ぬめぬめした舌で口腔をまさぐると、綾子は震えながらも、ピクン、ピクンと可愛らしく呼応する。

その初々しさに感動しながら、歯茎や頬の粘膜を舌先でくすぐってやる。

すると、受け身だった綾子も昂ぶってきたのか、丸まっていた舌を伸ばしてくる。

竜司はすぐにそれをとらえ、ねちゃねちゃと、唾の音を立ててからまらせてい

くと、

「……んんぅ……ンフッ」

と、綾子は甘ったるい鼻声を漏らしながら、舌を動かしてくる。

お嬢様の呼気や唾液は甘ったるくて、ずっとキスしていたいぐらいだ。

しばらく恋人同士のような濃厚なキスをうっとりと楽しんでいると、綾子も下から手を伸ばして、しがみついてくる。

ギュッと抱き寄せられて、ブラウス越しのふくよかな乳房が竜司の胸に押しつぶされている。おっぱいのぬくもりと重みが、竜司の理性を溶かしていく。

（しかし……まだまだ硬いな……）

楽しむのもいいが、それよりも綾子をセックスに溺れさせるのが目的だ。

それにはもっとお嬢様の清楚な恥じらいを捨てさせて、本能的に快楽を貪ってもらうように仕向けるしかない。

「ああ、たまらないよ……綾子ちゃん」

長いキスをほどくと、唇と唇に唾液の糸が垂れる。

綾子はぼうっとした目をして、こちらを見つめている。目の下が赤らんで、欲情しているのが伝わってくる。

「看護師のときも献身的で、すごく一生懸命なのが伝わってきたよ。きっと、いい女優さんになれると思う」

「ホントですか？」

綾子が純粋な目を向けてくる。

この可愛らしさなら、女優もうまくいくんじゃないかと思う。

「もちろん、ホントさ。でも、女優をするなら恥じらいとか、いろいろ捨てなきゃならんと思う……そうだ。オナニーしてごらん。僕の前で」

「えっ……」

綾子の顔が一気に強張った。

「そ、それは……」

「したことない？」

訊くと、綾子は顔を真っ赤にして、目をそらしてしまった。

(経験はあるんだな)

恥じらいを取り去るという気持ちよりも何よりも、可愛い子の自慰行為を見たくなってしまった。

「したことないなら……」

「……あ、あります」

綾子はか細い声で答える。

しかし、ベッドの上で組み敷かれたまま、目を合わそうとはしない。

「よくするのかい？」

訊くと綾子はさらに顔を赤くして、いやいやする。

ショートヘアの前髪が、さらさらと顔に枝垂れかかって表情を隠している。竜司は前髪をかきあげてやると、いっそう赤らめた美貌を見せてきた。

（ゾクゾクするな……）

綾子が羞恥を感じている様子は、たまらなく男の加虐を煽る。品のよさや育ちのよさが綾子からは感じられて、それが男の「穢してみたい」という欲求を昂ぶらせるのだ。

「よし、じゃあやってみせて……大丈夫だ。これも、女優になるためのひとつの勉強みたいなものだ」

竜司は起きあがって、ベッドから降りる。

綾子は上体を起こしながら狼狽《うろた》えた素振りで、何度も荒い息をしている。

「何をしてる。早く服を脱ぐんだ」

竜司の言葉に、綾子はハッとこちらを見た。

(しまった。つい、いつもの調子で)

「いや、ごめんごめん。どうしても早く見たくてさ」

竜司は慌てて取り繕うが、綾子は顔を強張らせたままだ。

(警戒させたか……)

と思ったが、乱暴な口調の効果はてきめんだった。

綾子はベッドの上で横座りになると、ブラウスのボタンを外しはじめた。

顔は堅くなって指先が震えているが、何か竜司に対して、おびえのようなものを感じ取ったのかもしれない。

「う……うう……」

わずかに呻きながらも、綾子はブラウスを脱いだ。

(おおお……)

白いハーフカップのブラジャーは、思った以上にセクシーで、形のよい美乳の上半分を露出させている。

精緻なレースで縁取られたブラは、いかにも高級そうだった。おそらく見られることを前提に、いろいろ考えて選んだのだろう。

優しく抱かれることを想像していたかもしれない。

こんな恥ずかしいまねをさせられるとは、思ってもいなかっただろう。お嬢様のその境遇を考えると、申し訳ないが興奮してしまう。

さらに綾子は恥じらいに身をよじりながら、体育座りしてミニスカートを爪先から抜いた。靴下も脱いで、下着姿になる。

まぶしいほどの健康的な太ももだった。

ウエストはかなり細いが、太ももはやや逞しい。ショートヘアの美少女っぽい雰囲気とは裏腹に、スタイルはなんともセクシャルだった。

グラマーで、メリハリの利いたプロポーション。

いかにも男好きする身体つきだ。

「よし、座って膝を立てて……」

心臓が激しく高鳴っていた。

珍しいことだった。こんなに抑えきれぬほど欲情が高まっているのは久しぶりのことだ。それだけ楽しみなのだ。

(なかなか本物のお嬢様のオナニーなんて、拝めないからな)

「ああ……」

綾子はギュッと目をつむり、顔をそむけて両膝をゆっくり立て、そしてじわりじわりと左右に開いていく。

パンティのクロッチが見えてきた。

ブラジャー同様に、上端にレース模様があり、わずかに透け感のあるいやらしいパンティだった。

「もっと足を左右に開いて」

うわずった声で命令すると、綾子は震えながらも、さらに両脚を大きく開いてこちらに股間を見せてきた。

ほぼM字開脚の姿勢で、目をつむって羞恥に頬を染めている。

いたいけな少女にイタズラしているみたいで、不道徳な興奮が募ってくる。

「さあ、触って……パンティの上から」

綾子がゆっくりと右手をパンティのクロッチに押し当てた。

「あっ……」

ピクンと震えてから、綾子がうかがうように、ちらりとこちらを見る。

「こんなので……男の人って、興奮するんですか?」

「もちろんだ。女の感じてる姿はたまらないよ。しかも可愛い子がオナニーしてる姿なんて、それだけで暴発しそうだ」

竜司の言葉を聞き、わずかに眉をひそめた綾子は、再びクロッチの部分を自分の指でさするように刺激しはじめた。

「ううん……」

くぐもった声を漏らして、お嬢様は眉間にシワを寄せる。

(意外と感度がいいな……潜在的には、意外とスケベなのかもな)

目の前でオナニーしろといって、経験の少ない女がいきなり雰囲気を出してくることはまずない。

それなのに綾子はすでに息を荒らげて、竜司が見ている前で快楽にのめりこもうとしている。

「あっ……あっ……」

クロッチをさする指に次第に力がこもっていき、わずかにいやらしい窪みも浮き立つようになってきた。

大きく開いた鼠径部に筋が浮かんで、それがひくひくとしている。

「どう?」

訊くと、綾子がつらそうな目を向けてくる。

訊かないで……その双眸が物語っているが、竜司はしつようだった。

「僕の目の前でオナニーしているのは、どんな気分？」

具体的に言うと、綾子はあきらめたように、せつなげな吐息を漏らす。

「……き、気持ちいいです……」

恥じらう台詞を言いつつ、綾子の指がクロッチの少し上の方に触れる。

「あっ」

綾子は顎をそらし、ぶるっと腰を震わせた。

パンティ越しにクリトリスに触れたのだ。やはり感じる部分は自分でもしっかりとわかっているらしい。

「あっ……あっ……」

クリトリスをパンティの上からいじっていると、いよいよ綾子は本格的に雰囲気を出してきた。うわずった声と甘い吐息をひっきりなしに漏らし、パンティをいじる指の力を強めていく。

「はあ……」

湿った声を漏らす綾子は、腰をくねらせて大きく開いた脚を震わせる。

次第に白いパンティにシミができ、クレヴァスの形が浮き立ってきている。おま×こは肉厚で、恥毛は薄めのようだった。

「いい感じで、濡れてきたよ」

見つめながら竜司が言うと、綾子はびっくりしたようにこっちを見てから、いやいやする。

「ああ、濡れてるなんて、嘘です」

「嘘じゃないよ。ホントは自分でもわかってるんだろう?」

綾子は答えずに、うつむいた。

やはりわかっているのだ。

「いいんだよ。感じてるんだろう」

優しく言うと、綾子はコクンと頷いた。

「見られて、興奮するんだろう?」

「ああ……しますっ……ごめんなさいっ」

それがまるでイケナイことだったように、綾子は顔をそむける。

しかし、もう快楽から抗えなくなっているようで、指を離さずに、いや、それどころかもっと大胆に、浮き立つスリットを指で撫でつけたり、クリトリスの部分を指の腹で揉んだりする。

「もっと恥ずかしい部分を見せてごらん」

前のめり気味で言うと、綾子の指の動きがぴたりととまる。

恥ずかしそうにしながらも、そっとパンティに指をかけ、お尻を浮かせて薄布を爪先から抜き取った。

「ああン……」

せつなそうな声を漏らしつつ、綾子はまた脚を開く。

（おおっ……うまそうな、おま×こじゃないか……）

竜司は前のめりになって、お嬢様の無防備な股間を見つめた。

やはり恥毛は薄く、しかも肉土手が厚いので、パイパンに見える。

スリットは小ぶりでかなり狭そうだ。そのわりに肉ビラは大きく、淫猥にぬらぬらと輝いていて、かなりエロい。

「こんなに濡れて……」

「いやっ。見ないでください」

綾子は慌てて両手で秘部を隠す。

しかし、そうしながらも綾子は竜司の顔をうかがってくる。

（命令して欲しいのか……マゾの気があるんだな）

だとすれば、この猥褻な公開オナニーは正解だったということだ。

「綾子ちゃん。直接指でいじってみて」

竜司の言葉に、綾子はおそるおそる、濡れそぼる亀裂に指を這わせる。

「はぅっ……」

ぬかるみに触れた瞬間、綾子の口から艶っぽい声が漏れ、顔がクンっと上を向いた。

「気持ちいいんだね。ブラも取って。おっぱいもいじりながら、指を入れたり出したりして……」

竜司も目を血走らせて、より具体的に綾子を辱める。

綾子は両手を背中にまわし、ブラジャーを取り去った。

ふくらみがこぼれ落ちる。

やはりデカかった。それよりも乳輪の大きさが卑猥だった。五百円玉より明らかに大きい乳輪と、ショートヘアの清楚な美少女のギャップがすさまじく、竜司の股間はますます硬くなる。

「ああ……」

哀しげなため息を漏らし、お嬢様めいた長い睫毛を瞬かせながら、綾子は言いつけどおりに指を這わしていく。

「あぅう……んんうん……」

右手で乳首をいじり、左手は開いた脚の中心部を上下に這う。

「あんっ……」

指が直にクリトリスに触れ、綾子は腰をくねらせる。

ハアハアと息があがり、ショートヘアの前髪が揺れる。肢体はすでに汗ばんでいて、甘ったるい発情の匂いを醸し出している。

「興奮してるんだね」

竜司が煽ると、綾子は首を横に振る。

「ううん……そんな……」

「正直に答えて」

「ああっ……興奮……してますっ……気持ちいい……あああんっ」

綾子の指の動きがますます激しくなり、眉間の縦ジワがさらに深く刻まれていく。

ねちゅ、ねちゅ、という水音が聞こえてきて、綾子の細い指はいつしか小さな蜜壺をとらえている。

「あううん……ううんっ……だ、だめっ……」

綾子の指が動きをやめる。

そして、今にも泣きそうな顔でこちらを見つめてくる。

「何が、だめなんだい」

「ああ……だって……だって……」

綾子が「どうしたらいいの?」とすがるような視線を送ってくる。

竜司にはすぐにわかった。

「いいんだよ、イッて」

「で、でも……」

「綾子ちゃんのイクところが見たい。頼むよ」

もう演技指導の話はどこかへいき、このお嬢様をもっと辱めたいという欲求が募っていく。

綾子は上品で美しい顔を強張らせて、どうしよう……という顔できょろきょろしていたが、やはり自分のはしたない姿を見せたいのか、再び指を動かしはじめた。

「あ、はぁっ……」

右手は乳房をひしゃげるほど強く揉み、乳首をキュッ、キュッと何度もつまんでいる。同時に左手は、さらに激しく動き、ピッチをあげてぬかるみを何度も上下する。

「ううんっ……ああっ……ああんっ……」

美少女は体育座りして大きく脚を開いたまま、いよいよ爪先をヒクヒクしはじめた。

ねちゃっ、ねちゃ、ねちゃっ……と、股間から響いてくる淫音が、ますます粘っこく淫靡なものに変わっていく。

「あああっ……だめっ……お願い、見ないでっ……綾子、イキそうなの……はああんっ……だめぇっ……イクッ……イッチャううう！」

綾子は今までにない淫らな声で叫び、まさにそこがとどめとばかりに、小さな陰核をギュッとつまんだ。

「はううっ！」

びくんと腰がくねり、綾子は背を大きくのけぞらせた。

爪先が震えてキュッと丸まり、座っているのもつらくなったのか、そのままベッドに倒れてしまった。

4

「……ああ……ハア……ハア……」

絶頂の余韻が引かないのか、綾子はうつ伏せのまま、息をあえがせている。

ぷりんっとしたお尻が、呼吸に合わせて上下に揺れ、そして尻割れからは透明な花のエキスがおしっこを漏らしたようにシミ出ていて、シーツに大きなシミをつくっている。

竜司はガマンできなくなり、ズボンとパンツを下ろす。

綾子は驚いた顔を見せる。

すでに竜司の股間はとてつもなく隆起していたからだ。しかし、恥じらいを見せる中にも、綾子は欲しがるような目をちらちらと向けてくる。

（クク……いい感じで昂ぶってきたな）

竜司は全裸になって、恥じらうお嬢様に覆い被さっていく。

素肌を重ねて、唇を奪う。

「ううんっ……」

先ほどは何もできなかった綾子が、積極的に舌をからめてきた。

甘い唾をすすり飲み、ねちゃねちゃと音を立てて口中をまさぐっていると、

「あふん……んんうっ……」

と、鼻にかかるセクシーな声で身悶えをはじめる。

（とろけてきたな……）

深い口づけで翻弄しつつ、竜司は手を伸ばして大きなふくらみを揉みしだく。

「あああっ……」

キスを続けられないほど感じたのか、綾子が顎をそらして眉根を寄せ、じれったそうに喘ぎはじめた。

巨乳ではあるが、感度はよさそうだった。

さらに指を食い込ませていき、二十四歳の乳肉の弾力を楽しんだ。

「あぁッ……はああ……」

綾子の白い肌はしっとりと汗ばみ、上気している。

大きな乳輪と反比例する小さなピンクの乳頭は、いじればすぐに硬さを増してピンピンになっていく。

「感じてるね」

乳輪をなぞりながら、顔を見やると、

「ううっ……」

綾子は顔をそむけ、唇を噛みしめた。恥じらいつつも欲情に抗えないお嬢様というのは、そそる。

(ようし……もっとだ)

竜司は尖った乳首をチュッと吸い、舌でねろりねろりと舐めまわした。

「ああ……いやあああ……」

綾子は口のところを手で隠しながら、身をよじる。

熟女もいいが、経験の少ない若い女性というのもいい。この上なく、男の本能を駆り立ててくれる。

さらにチュパチュパと吸いまくると、

「くうう、くううう……」

綾子はさらに身体を震えさせ、いっそうせつなそうな目をして、下から見あげてくる。

(こりゃ、たまらんな……)

先ほどのオナニーや激しいキスで、とろけてきているのは間違いない。

ならばもっと恥ずかしがらせたいと、竜司は綾子の身体を反転させて、腰を引っ張って四つん這いの格好にさせる。

「ああ……竜司さんっ…… いやですっ……こんな格好……」

しかし言葉とは裏腹に、綾子はこちらに尻を突き出して、まるで触って欲しいとでもいうように、くいくいとヒップを揺すりたてている。

「いやいやなんて言いながら、欲しいんだろう」

竜司が煽ると、綾子はハアハアと荒い息をこぼしながら、

「ち、違いますっ」

と言い訳しつつ、肩越しに潤んだ瞳を見せてくる。

(やはりこの子は欲しがりだな……)

竜司は丸々と実ったヒップを両手でつかみ、ぐいぐいと尻割れを左右に広げていく。

「ああ、だめえ……」

「だめって言っても、丸見えだよ」

桃割れを覗き込み、熱っぽくささやくと、

「あああっ……見ないでっ……見ないでください」

と四つん這いのまま、ぶるぶると背中を震わせる。

「そんなこと言って……ホントは自分のいやらしいところを見て欲しいんだろう?」

竜司は身を屈め、尻割れを下から覗き込んだ。

桃割れの下部はぐっしょりと濡れて、生々しい芳香を発している。

「ほうら、こんなに濡らして……」

竜司は勢いにまかせ、尻割れの底にむしゃぶりついた。

「あううう! ああんっ……そんな……そんな……」

綾子は身をよじって逃れようとする。

しかし、竜司は双丘をがっしりとつかんで離さなかった。

だらだらとヨダレのように愛液をこぼす赤貝を、舌を伸ばすようにしてぴちゃぴちゃと音を立てて、吸い取ってやる。

「ああ……ああっ……んんっ……」

すると、綾子は可愛らしい尻を振ってくる。

その仕草が愛らしく、たまらなくなって奥まで舐めた。

内部のぬめりと襞を舐めしゃぶるようにしながら、クリトリスにも舌を伸ばし

て舐めると、

「ああ……ダメッ……そこは……あううう」

綾子はぶるっ、ぶるっと小刻みに痙攣をしはじめる。

（おおう、いいぞ……）

酸味のある蜜があふれてきた。

いてもたってもいられないという感じで、綾子のヒップを揺する動きが激しくなってくる。

それでも、念入りに舐めまわしていると、

「いやっ、もうダメ……！」

と、お嬢様は尻を逃がそうと、身体を激しく揺する。

「どうした？」

訊くと、綾子は肩越しに振り向き、つらそうな顔を見せてくる。

「あんっ……だって……」

その戸惑う様子に、すぐにピンときた。

「また、イキそうなんだね」

綾子は恥ずかしそうに顔を伏せ、小さく頷いた。

その恥じらいが、どうにも男の欲情を誘ってくる。貫いて自分のものにしたくなる。

「フフ……だいぶ感じてきたね。そろそろ入れるよ」

言うと、綾子は「え？」という顔を肩越しに見せてくる。

いきなり後ろから、というのが恥ずかしいようだった。だが、最初はお互いの顔が見えない方が、経験の少ないお嬢様もセックスに没頭できるだろう。

それに、この可愛い尻を堪能したくもあった。

「いい？」

重ねて言うと、綾子は唇を噛みしめながら、こくっ、と頷いた。

そしてベッドの上で四つん這いのまま、お尻をこちらに突き出してくる。

そんなおねだりをされたら、こっちも一刻も待てなくなる。

竜司は綾子の腰を持ち、空いた方の手でいきり勃つものをつかみながら、尻割れの奥にこすりつけつつ、グッと力を入れて押し込んでいく。

亀頭が狭い蜜口を押し割って入っていくと、

「はあぁっ……！」

綾子が、顔をいっぱいにのけぞらせる。

(おおっ、こりゃあ……すごい締まりだ)

小柄だからか、それともおま×こが小さいのかわからないが、とにかく綾子の膣内は窮屈で、強引に腰を入れなければならなかった。

だが、たっぷりした愛液の潤滑油も手伝って、中まで無理矢理に押し込んでいくと、ぬぷっと一気に奥まで嵌まった。

「ぁああ……いやあああァッ!」

綾子は感極まった声をあげ、貫かれた衝撃に身体を震わせて顔を打ち振った。

「ああっ、お、大きいっ……ゆ、許して……」

「大丈夫だよ、すぐに馴染んでくるから」

竜司は打ち込みたくなるのをガマンして、ゆっくりと腰をまわし入れる。

なじませるようにしながら、ハート型のヒップを撫で、くびれた腰から胸のふくらみまで、お嬢様の官能的な身体のラインを楽しむようにじっくりと両手を滑らせていく。

「ああ……ああ……」

入れながらおっぱいをいじったり、ヒップを撫でたり、背中にキスをしたり、時間をかけたのが功を奏したようだ。

次第に綾子は「あん、あん」と甘い声をもらしはじめて、腰をじれったそうに揺らしはじめる。

さらに肉襞が、ギュッと包み込んでくる。

（おお、た、たまらん……）

じっとしてなどいられなかった。

竜司は綾子の腰を持って、ゆっくりとストロークする。

ぬちゅ、ぬちゅ、といやらしい水音がして綾子が、

「あン……ああっ……お、奥まで……そんな、ああんっ」

と、艶めかしい声をあげる。

悲鳴はなくなっているから、もうしっかり肉棒が膣になじんだようだ。

（よーし）

竜司は一息ついて、腰を押し込んだ。

「はぅぅ！」

子宮口まで届きそうなほど奥までえぐられて、綾子が顔を持ちあげる。

少しは加減しようと思ったが、だめだった。

こするたびに甘い刺激が下腹部から広がり、気がつけば、ぐいぐいとストロー

クしてしまう。

「ああんっ、ああっ……ああっ、だめっ、だめっ、だめぇぇ……」

だめだめ言いつつも、綾子は腰を使ってくる。

竜司は後ろから抱きしめて、下垂した豊満な乳房を握りつめながら、みなぎった男根で肉襞を奥まで貫いた。

「むうう……」

息をつめて渾身の力でバックから突くと、綾子のヒップが、パンパン、パンパンと淫らな打擲音を鳴らし、しとどに愛液が垂れてくる。

「ああっ……き、気持ちいい……ああんっ、竜司さん、気持ちいい……」

もう綾子はバックのよさがわかってきたようだ。

ここでさらにトドメとばかりに、肉棒を抜き、くるりと仰向けにさせて正常位でズブズブと奥までを穿った。

「はぁぁぁぁ！」

ショートヘアの似合う美少女が、今までとは違う獣じみた低い声で吠えた。

美貌はもう喜悦でくしゃくしゃに歪みきり、肉の愉悦を貪るように、ぐりぐりと腰を押しつけてくる。

「ククッ……いいぞ、いいぞッ」

竜司は綾子に口づけし、奥までしたたかに突いてやる。

「んんん……ンンンッ！」

口づけをしながら、綾子はくぐもった悲鳴をあげる。

もっと突いた。

綾子は美乳を波打たせ、いよいよキスもできないと口づけを振り切って、

「ああんっ……いいっ、すごいいいっ……！」

と、白い喉をさらけ出し、胸のふくらみをたぷたぷと揺らすほど身悶える。

「ククッ……綾子ちゃん、いいぞっ、いい声で鳴くじゃないか」

竜司は大きく揺れる乳房を揉みしだきながら、さらにパンパン、パンパンと突きあげていく。

「あぅぅ……い、言わないでっ、言わないでください……」

綾子は恥じらい、いやいやしながらも、けれど興奮はさらに募っていくようで食いしめが強くなっていく。

「ああんっ……だ、だめっ……もうだめぇぇ……」

ハアハアと荒い息をつきながら、いよいよ綾子が今際の際の声を漏らす。

「イキそうかい？」

胸のふくらみを愛撫しつつ、竜司は片方の手を結合部に持っていく。大きく広がったおま×この上部を指で探り、ぴんぴんになったクリトリスを指の腹で刺激する。

「ああ！　だ、だめぇぇぇ……んっ、イクッ……もうダメッ……あああっ……ねえ、一緒に、一緒に……」

綾子がしがみついてきて、ガクガクと震え出す。

竜司ももう限界を迎えていて、切っ先まで熱いものがこみあげてきている。

「ああ……一緒にだな。いいよ、その代わりだ。聞きたいことがある」

「えっ……な、なに……あんっ」

「病院と綾子ちゃんの両親のことだ。とても大切なことだから、全部教えて欲しい」

綾子が肩越しに不安げな顔を見せてきた。

「ど、どうして……両親のことなんて……今……」

「綾子ちゃんのすべてを知りたいからだよ。僕を信用してくれるかい？」

聞きながら、竜司は夢中で突き入れた。

「あんっ……だめっ……あああ……し、信用するから、だからお願いっ、竜司さん！」

綾子が総身を強張らせて、ギリギリと身体を震わせる。

「よし。綾子ちゃん、実は君の両親は、ちょっと悪いことをしてるだろう？」

「え？」

綾子が不安そうな顔を見せてきた。

「け、警察の方なんですか？」

「まさか。そしたら、こんな破廉恥なことはしない。芸能関係は間違いないんだから、そこは安心してくれ。君がデビューするとき、実は親が悪いことをしてたなんてバレたら、それこそ会社はたいへんなことになる。先に知っていることを教えて欲しいんだ。リスク回避さ」

竜司は適当なことを言う。

（とてもヤッてるときに言う話じゃないよなあ）

「そ、それは……」

綾子は口ごもった。

やはり何かを知っているらしい。

「知っているんだね」

竜司は言いながら、深々と膣奥を突いた。

「きゃううん！」

綾子が浅ましい声を漏らし、身体をピクピク震わせる。

「教えてくれないと、ここでやめるよ。どうかな」

竜司は脅しつつ、ぴたりと腰の動きをとめる。

「ああ……」

綾子が泣きそうな顔をした。

「お、お願い……やめないで、お願いしますっ」

「じゃあ言うんだ。君も良心が咎めるんじゃないのか？　言えば天国を味わわせてやる。ホントだよ」

先ほどまで訝《いぶか》しんだ顔をしていたのに、もうとろけきって、なんでも喋りそうな従順さだ。

「国産ワクチンの話があるんです。ちょっと聞いただけなんです。でも、きっといけないことだって……」

ほとんど経験のない子が、竜司の責め苦にたえられるわけはなかったのだ。

「よし、いい子だ。詳しくはあとで聞こう。じゃあ、イカせてやるっ」

勃起を奥まで届かせた瞬間、綾子の腰がビクンッ、ビクンと大きくうねる。

その動きに煽動されるように、竜司も一気に昇りつめそうになるが、唇を噛みしめて綾子がイクまで突きあげてやるのだった。

5

「妙な男？」

K病院の院長室で、院長の飯星は電話をしながら太い眉をひそめた。

「ええ。先週まで入院してたんですが、何かを嗅ぎまわっていたらしく、宮下朋子に接触してきたようです」

電話の向こうで内科部長の西浦《にしうら》が言う。

「ほう。宮下師長にか。で、師長は何か言ってたか？」

「それとなく訊いてみましたが、本人は何も話してないと。まあ、師長は春風のことを知りませんから」

「そうか……く、おおっ……！」

電話しながら、飯星は声を漏らした。

デスクの下には全裸の女が四つん這いになって、飯星のペニスをしゃぶっている。飯星は仕事に疲れると、こうして女を呼ぶのである。

「フフッ……すみません、院長。お楽しみの時間中に電話をかけて」

「いや、かまわん。それにしても、凜子《りんこ》くんもだいぶうまくなったぞ。なんせ早く抱かせろと、あいつらがうるさいからな」

飯星が凜子と呼んだ女の頭を撫でる。

「んふっ……」

凜子はつらそうに眉根を寄せながらも、飯星に仕込まれたように、カリ首や裏筋を丁寧に舐めあげる。

凜子もこのK病院のナースだが、父親の心臓が悪く入院している。

そこでだ。カルテの改竄をして心臓移植が必要だということにする。そしてハニトラ要員になることを条件に、手術を優先的にしてやると持ちかけるのだ。

美人ナースや女医を選んでくるのは、飯星の妻の仕事である。

旦那や父親など、なんでもいいから検査入院させるだけで、移植手術の必要な重病人のできあがりである。

腎臓や心臓は専門医でないと、どこまで悪いかわかりにくい。

そうやって、三人の女性を毒牙にかけたのだった。

「しかし、気になるな……その男……外科医の誰かが？　まさか沢木か？」

「わかりません。ですが、沢木は春風を探ってますからありえますね」

今、Ｋ病院には春風グループをひそかにつぶそうという動きがあり、沢木は外科部長でその急先鋒だと噂されていた。

今は泳がせているが、そのうちに尻尾をつかんだら、抹殺しなければと思っている。

「……続けて探ってくれ。まあ院内の連中ならどうにでもなるが、外部に話をもっていったらややこしいことになる。それと、春風という言葉は、今後しばらく控えよう」

飯星は手を伸ばして、凜子の乳房を握る。

「ううんっ……」

素っ裸で四つん這いの凜子は、ペニスを咥えたまま呻く。

上目遣いの目が「もう入れて欲しい」と物語っている。数人がかりで調教したらしいが、よくここまで短い時間で躾けたと感心する。

「それにしても、あの薬はすごいな」

飯星が言うと、電話の向こうで西浦が笑う。

「東南アジアの非合法ドラッグですから。女を牝にするには最高の薬ですよ。こうでもしないと言うことを聞きませんからな」

そもそも保福省のヤツが、商売女ではなく、ウチの女医やナースを抱きたいと言ってきたのが問題なのだ。

そのせいで、こんな面倒なことをしなくてはならなくなった。

いつ正気に戻って話し出すかわからないので、三人とも監禁状態だ。

まあしかし、今後コロナワクチンを優先的にまわしてもらえることを確約してもらったのだ、その代償が院内の女医やナースというのは、まあ仕方のないことに思える。

(とはいえ、現役の白衣の天使をこうして牝にするのは、たまらない快感だがな……)

だが、石田美香子の他ふたりも、そろそろ飽きられてきたらしい。手持ちはこの乃坂《のさか》凜子しかいない。そのくせ保福省のヤツは、新しい牝が欲しいとこちらの気も知らずに要求してくるのだ。

「院長、それと、朗報です」

「うん？　なんだ」

「実は来週、新しい受付嬢が入るんですが……これも沢木がからんでいて」

「スパイか？」

「かもしれません。先ほど、メールでその受付嬢の履歴書を、院長のパソコンに送りました」

「受付嬢の履歴書？」

なんでそんなものを送ってくるんだと思いつつ、飯星は上半身だけをデスクにあるパソコンに向け、メールを確認する。

「おっ！」

思わず飯星は声をあげた。

「うんっ……ンンッ！」

凛子が咥えたまま噎せた。

おそらく口の中で、イチモツがひくついて、驚いたのだろう。

分身がビクッと跳ねたのは、その受付嬢の履歴書の写真が、あまりに可愛らしかったからだ。

大きくてクリッとした目にセミロングの髪が似合っている。

活発そうな顔をして、かなり若いが相当な上玉だ。

(凛子よりもいいじゃないか……)

チラッと下を見てから、飯星はほくそ笑んだ。

「なるほど、こいつをか……」

「ええ。こちらは知らないフリをして、罠にかけましょう。そして調教したら、保福省の人間には新しいナースだと偽って……」

西浦が電話の向こうでククッと笑った。

「それはいいな。段取りは任せる」

電話を切って、再び凛子の頭を撫でる。

「ククッ……よかったな、凛子くん。仲間が増えたぞ。年齢も近そうだし、仲良くやってくれ。うまくやったら、終わりにしてやってもいいぞ」

凛子は分身を口から外すと、ねっとりとした目で見つめてきた。

「ああ……そんな……こうして、院長さんたちのオチ×ポにお仕えするのが……ああ、今の私の幸せなのに……」

「そうか。ククッ、いい牝に育ったなあ……あとであれを打ってやるからな」

飯星は凜子の乳首をキュッとつまみあげる。

すると、凜子は「きゃうう」と喘いで、再び熱っぽいおしゃぶりに没頭していくのだった。

第三章　濡れる密会

1

竜司は千佳に念を押して言った。

とにかく危なくなったら、琴美か沢木に連絡する。もしくは、バレてもいいので、院内の誰かに助けを求める。

それだけを伝えて、受付嬢に化けてもらったわけであるが、まだどうにも不安だった。

そこで竜司は琴美にメールをした。

依頼主にこちらから連絡を取ることはあまりないのだが、千佳のことを念押ししたかったし、それよりも会いたいという下心があった。

メールの返事は意外にも電話だった。

「あれ？　七瀬先生、病院の中なのに、ケータイはいいんですか？」

「え？　あ、ああ……平気です。今は資料室にいるので。ここはケータイ大丈夫なんですよ」

琴美は仕事の合間に論文を書きたいと、調べものをしているとのことだ。

文章なんか作文でも書きたくない竜司は、インテリだなあと感心すると同時に、真面目な人だなとあらためて思う。

「先ほどメールを見ました。今後のことでしょ。お目にかかってお話しした方がいいかしら」

「お時間ありますか？」

「ええ。夜にでもどうかしら」

願ってもないことだった。竜司は珍しく身体を熱くしてしまう。

「あれ、でも七瀬先生、金曜日は当直とか言ってませんでした？」

「あ……でも、今日は大丈夫ですよ。緊急手術とかあったら別ですけど」

忙しい中でも会ってくれるなら脈がありそうだと思った。

いつもは依頼者に邪《よこしま》な考えなど持たないのだが、どうにも琴美は理性を狂わせるなあと、思いつつ電話を切った。

2

午後八時。

竜司は事務所を出て、新宿に向かう。

三丁目のよく行くバーの前で、琴美と待ち合わせることになっている。

待ち合わせ場所には先に着いていたが、五分もしないうちに琴美が現れた。

琴美は白いブラウスとピンクのフレアスカートで、いつものように清楚な格好だった。

病院からきたわりにずいぶんと小綺麗な格好をしている。いつも服装には気をつかっているのだろう。

「すみません、お待たせして」

「いや、俺も今来たところだから、気にしないでください」

言いながら、あらためて琴美を盗み見た。

切れ長の目はクールさを醸し出していて、薄い唇も上品だ。肩までのミディアムヘアはふわふわと揺れて、甘いリンスのように匂いが鼻先をくすぐってくる。

見た目は女医というよりも、もっと見られる職業をしているような、一目見て美人だというほどの容姿である。しかし、華やかな顔立ちをしているのに、どこか薄幸そうな感じが、どうにも竜司の欲望をかきたてる。

ふたりでバーに入る。

そこはカウンターと、小さなテーブルが二卓しかないこぢんまりした店で、薄暗い中にも壁一面の棚には、希少な種類のビールが置いてある。

「あ、いらっしゃい。竜司さん」

カウンターの向こうから、若いバーテンダーが声をかけてきた。

余計な話をしてこないので、竜司は気に入っている。

ふたりで奥のテーブルに座る。

高すぎるスツールに座るとき、琴美のスカートがズレあがって、ムチッとした白い太ももが覗けた。

布地越しに見えた成熟した腰つきや、そして肉づきのよさそうなプリッとしたヒップもいやらしい。

さらにはブラウスをこんもりと盛りあげる、たわわな胸のふくらみ……。

三十二歳の女体は、過剰なまでの熟れっぷりと息苦しいほどの色香にあふれかえっている。

（……体形には気をつかってるみたいだな。エロい身体をしてる……）

独身とはいえ、今までいろいろ経験してきたのだろう。

でなければ、こんなにムチムチな色っぽい身体つきにはならないはずだと、竜司は勝手に妄想する。

「病院に戻るなら、ノンアルコールもありますよ」

竜司はメニューを差し出すが、

「クアーズをもらえるかしら。今日はもう戻らないから」

と、琴美はビールを頼む。

竜司も同じものを頼むと、すぐにグラスのビールをバーテンダーが持ってきてくれる。

狭いテーブルに向かい合って、ビールを口に入れる。

琴美は意外にもイケるクチなのか、三分の一ほどを喉に流し込んだ。

「ああ、おいしい」

そう言って、ニコッと愛想よく笑う。

「意外だね」

「なんでですか」

「もっと、なんていうか、こう……クールな感じかと思ってた」

琴美はグラスを置いて、小首をかしげて見つめてくる。

「よく言われますけど、そんなことないんですけどね」

と、言いつつも少し寂しそうな顔も見え隠れする。

姉の失踪のことがあるのだから、そうなるのも当然だろう。

「千佳のことは頼むよ。あいつにはホントは、こんな危ないまねをさせたくないんだ」

「あら」

琴美がクスッと笑った。

「ただのアシスタントとは違うようね」

「……勘ぐらないで欲しいな。あいつとは親子ほど年が離れているんだ。親の気持ちさ」

琴美はまた笑う。どうも恋人かなにかと勘違いしているようだ。

「まあいい。とにかく頼む。ホントは沢木くんにやってもらった方がいいと思うんだけど」

「わかっています、危険にさらすことは。でも極力、私たちが動かないようにしないと……私たちは絶対に正体を知られたくないの」

「院長がいなくなる日は？」

「まだわからないけど、調べるわ」

竜司が綾子から聞き出したのは、院長室にあるパソコンのキーワードだった。

綾子から聞いたところによると、院長のパソコンに保福省とのなにか怪しいファイルがあるらしい。それに加えて、国産ワクチンを認可前に保福省から横流ししてもらう話もあるらしい。とにかく、院長のパソコンに入ってみれば、なにか証拠があるらしいのだ。

綾子は親が悪事に手を染めていることを察していた。

それでも、竜司に教えてくれたのだった。

琴美はおかわりを注文し、再びグラスを呷る。

「親ね」

すでに目の下が真っ赤になっていて、呼気からはアルコールの匂いがする。

ちらりと見えるデコルテも上気して、ほんのりピンク色だ。

どうも言うほど酒には強くないように見える。

「奥様、たいへんだったのね」

急に琴美が話を変えてきた。

「臓器移植のことかな？」

訊くと、琴美は小さく頷いた。

竜司は続ける。

「……古い話だ。しかし、病院というところはいまだ信頼できない。患者の命とか言っても、結局は自分たちが優先だ。もちろんちゃんとした病院や医師はごまんといるし、そっちの医者の方が数が多いのもわかっている。それでも俺は信用していない。だから引き受けたんだ、こんなお門違いの仕事を」

竜司もビールを呷る。

「梅原さんは、金でしか動かないヤツとか言ってらしたけど、そんなことないのね」

言われて「昔はこれでも、正義に燃えた警察官だった」と話すと、なぜか笑われた。琴美の目にはとてもそんな風には映らないらしい。

琴美のことも訊いた。

彼女は姉のことや家族のことをあまり話さなかった。

その間にまた、琴美はおかわりをした。

気がつくと、琴美の手が竜司の腕に触れている。

こちらを見る目がうるうると潤んでいる。いまにもしなだれかかってきそうな雰囲気だった。

「少し酔ったみたい……ちょっとお手洗いに」

スツールを降りるときに、スカートがまくれて、股間に食い込むパンティが見えた。パンストのシームの奥にあるパンティは紫色だった。

琴美は「あっ」と脚をふらつかせて、竜司に抱きついてきた。

慌てて琴美の身体を支えると、その柔らかな身体のラインとともに、胸のふくらみの豊満さを感じてしまい、竜司は唾を飲み込んだ。

「あ、ごめんなさい……」

琴美は顔を赤らめて、すっと身体を離した。

甘い匂いが鼻をかすめて、竜司は激しく欲情した。抱きたいという欲求が一気に高まってきた。

3

会計を終えて、店のドアを開ける。

地下の店から外に出るには、階段を昇らないといけない。

ふたりで階段を昇る。

結構、急な段差だ。

琴美は足元がおぼつかないのか、竜司の右腕にしがみついてくる。

身体を預けられると、かなりのボリュームある胸のふくらみを、つぶさに感じることができる。

「ごめんなさい。ちょっと飲み過ぎたかしら」

「いいんだよ」

見つめ合うと、どちらからともなく唇を寄せた。

唇と唇が重なる。

「んんっ……んうん……」

客の出入りがあるのはわかっていたが、どうしても欲しくなっていた。

竜司は琴美の身体をしっかり抱きしめつつ、唇のあわいに舌を滑り込ませた。

一瞬、琴美はピクッと肩を震わせるものの、そのままギュッと抱きついてきて、舌をからませてくる。

(欲しがってるな……)

もっといやらしい気持ちになって欲しいと、竜司はわざと唾液を溜めて流し込んだ。琴美はそれをいやがることなく、向こうからも甘い唾を舌に乗せ、送り込んでくる。

(琴美さん……)

美しい女医の唾液をゴクッと飲みつつ、さらに激しいディープキスに興じながら、本能的にブラウス越しのバストのふくらみに手を伸ばした。

「んっ……」

琴美はキスをほどき、潤んだ目で見つめてくる。

(ここではいや……)

上気した顔が、そんな風に物語っている。

竜司は肩を抱きながら、階段を昇って歌舞伎町の奥へと向かった。

裏通りに入ると一気に人の気配がなくなる。

ふたりきりの緊張が高まっていく。

こういう雰囲気も久しぶりだなと、年甲斐もなく胸を高鳴らせていると、琴美は身を寄せて手をギュッと握ってきた。

見あげてくる琴美の目が、ドキッとするほど色っぽかった。

「私でいいんですか？」

竜司は驚いた。

「不思議なことを言うんだね。キミみたいな美人を抱けるなんて、いまだに信じられないが」

ついつい歯の浮くような台詞を口にしてしまう。

それほどまでに昂ぶっていた。

「私、ひさしぶりなんです、こういうのって……いろいろあって、塞ぎ込んでたから……そうしたら、いつの間にかこんな歳になっちゃって。医者なんてなるもんじゃないわ」

「……亡くなった妻も、仕事は忙しそうだったな。でも人の命を救って感謝されるのはやっぱりうれしいと言ってたよ」

「……奥様、立派なお医者さんだったのね」

慈愛に満ちた笑みを見せてきた琴美が、背伸びをして顔を近づけてきた。

竜司も見つめる。

どちらからともなく、唇を重ねていた。

「ん……ううむ」

アルコールと、琴美の甘い呼気が混ざり込んでくる。

裏通りといっても、人の往来は普通にある。

その中でも大胆にキスをしてきた琴美に対して、驚きつつも竜司も琴美を抱きしめて自分からも唇を求め、ふっくらとした琴美の唇の感触を味わう。

とろけそうな口づけにうっとりしていると、ようやく琴美が唇を離し、恥じらうように顔をそむける。

竜司は再び肩を抱き、甘い期待を胸にラブホテル街を歩いていく。

ホテルの部屋に入ると、琴美から唇を重ねてきた。

「んぅう……ぅんん……」

プルンとした唇のあわいから、熱っぽい琴美の吐息が漏れる。

たまらなくなり、竜司もねちっこく唇を舐める。

琴美の身体からは香水と甘い体臭の混ざった、むせかえるような女の匂いがする。

「ねえ、待って……シャワーを……」

キスをほどいて琴美が身をよじる。

だが激しい抵抗ではない。琴美もシャワーを浴びたいと言いつつも、欲情しているのが伝わってくる。

「そんな時間がもったいない」

ギュッと抱きしめて、琴美をベッドに押し倒す。

股間の昂ぶりを隠すことなく、琴美の下腹部にグイグイと押しつける。

「あんっ……」

琴美が恥ずかしそうに顔をそむける。竜司の硬さに驚いたのだろう。

だが美貌を歪めながら、呼気を乱していくのがわかる。ムンとする官能美に、熟れた肉体が支配されていく。

竜司は再び唇を重ねつつ、片方の手でブラウスの上から胸のふくらみをつかんだ。

「んんっ……」

琴美は唇を奪われたまま、顔をのけぞらせる。

柔らかなバストを、裾野からすくいあげるように揉みあげると、

「ああんっ……」

もうキスもしていられないとばかりに琴美は唇をほどいて、いやいやと身をよじる。

(やっぱりでかいな)

身悶える琴美を見つめつつ、ブラウス越しにぐいぐいと指を食い込ませれば、お椀のような丸みがぐにゃりと形をひしゃげて、竜司の目を楽しませる。

好きなように捏ねくりまわしたい。

そこをガマンして、いやらしく揉み揉みしていく。

手の中におさまらない、たっぷりした乳房の量感に圧倒されつつ、じっくりと揉みしだき、さらには右手を下げてスカート越しのヒップを撫でまわす。

「んんっ……アアンッ」

尻の丸みにねちっこく手のひらを這わせていくと、琴美は唇をずらして、小さくあえいだ。

成熟した尻の圧倒的なボリュームに、竜司は息を呑む。

スレンダーだが、やはり三十路を超えた女は尻がでかい。ヒップに皮下脂肪がついて大きくなる。

男としては、このボリュームがたまらない。

（いい身体してるな……）

早く裸にしてみたくなった。

琴美のブラウスのボタンを外すと、白いブラジャーに包まれた乳房が、たゆんと揺れるようにこぼれ出る。

その大きく弾むおっぱいの量感に圧倒されていると、彼女は脚をもじもじとさせながら、つらそうに竜司を見る。

「身体のラインが崩れてきてるの……恥ずかしいわ」

「女性の身体は、歳を重ねた方がいやらしくて、いいもんだよ」

恥ずかしがっているなら、そこにつけこみたいと思うのが、男の心情だ。

竜司はスカートのホックを外し、フレアスカートを抜き取った。

（おおお……）

横たわる琴美の下着姿を眺め、竜司は胸奥でため息をついた。

「崩れてないよ。意外とムチムチじゃないか……」

「いやだ、もう」

琴美は恥じらい、身体を丸めるが、決して世辞ではなかった。

肌色のナチュラルカラーのストッキングがほっそりした腰に張りつき、白のパンティの色と形がうっすら浮き出ている。

その張りついたパンストを丸めながら剝き下ろしていくと、小さめのパンティにおおわれた女の下腹部が露わになる。

パンティの上に少しだけ乗っている腰まわりの脂肪が、熟女らしいもっちりさ加減を伝えてくる。成熟したプロポーションに竜司は思わず見とれてしまった。

女性は加齢のムチムチさをいやがるらしいが、男としては抱き心地のよさがあるので、大好物である。

ここでこちらも脱ぐのが礼儀だろうと、ベッドの上でシャツを脱ぎ、ズボンを足元に落とす。

パンツを下ろすと、肉竿がぶるんとバネのように飛び出した。

そそり勃つ肉棒を琴美はチラッとだけ見た。

恥ずかしそうにしているものの、欲情をはらんだ目つきは見逃せない。

「ひさしぶりだよ、こんなになったのは……」

覆い被さりながら言うと、琴美はウフフと笑った。

「うれしいわ。すごく……」

言いつつ、琴美は手を伸ばして勃起をさすってきた。

愛しいものを愛でるような手つきに、ますます股間はいきり勃っていき、もうガマンできなくなっていく。

琴美が欲しい。

その気持ちをなんとか押しとどめて、琴美の方からももっと求めて欲しいと、耳の後ろや肩から腕から、舌を這わせていく。

黒髪から、全身から、そして腋窩からも甘い匂いがする。

香水に混じった女の体臭をたっぷりと吸い込みながら、濡れた舌で鎖骨のあたりを丹念に舐める。

「あっ……」

琴美がぴくん、と震えて顎を突き出した。

（悪くない反応だな……）

ねろねろと舐めながら、竜司は琴美の胸をまさぐった。

まだブラジャーのカップの上からだというのに、琴美はせつなげに眉根を寄せて身悶えている。

「んんっ……」

濡れた瞳が「早く脱がして」と急いているように見える。

竜司は舌腹でねろねろと肌を丹念に舐めながら、背中に手をまわし、琴美のブラジャーを外した。

「あんっ……」

ブラカップに押さえつけられた生乳がこぼれ出る。

竜司は息を呑んだ。

大きさはもちろんだが、あまりに美しい形をしていたからだ。

仰向けだというのに、垂れずに下側の丸みがしっかりとふくらみを支えている。

中心部よりやや上に、ややセピアがかった薄ピンクの乳首がツンとせり出していた。

乳暈も巨乳にしては小さめで、可愛らしい感じだ。

三十路過ぎでこんなに張りがあってキレイな乳房というのは、なかなかいないだろう。

(ずいぶんエロいおっぱいじゃないか……)

右手を伸ばして直に乳房を揉みしだいた。

つかむようにすると、柔らかく形をひしゃげて乳首の赤みが強調される。

そこに顔を寄せて、トップを軽く頬張った。

「うくっ……！」

ちょっと吸っただけで、琴美は背を浮かす。

その琴美の反応を上目遣いに見ながら、乳輪をぺろぺろ舐めて、赤くなった突起を口に含んでチューッと吸いあげる。

「ぁあ……はぁ……」

すると、琴美の声に悩ましいものが混じってくる。

(たまらん反応だな)

愛撫を続けていると、琴美の裸体がうっすら汗ばんできた。

甘ったるい汗の匂いが立ちのぼってくる。

(感じてきているな……)

乳首がかなり感じるようだ。竜司は右手でふくらみをやわやわと揉みながら、左の乳首に舌を這わせ、上下に弾くようにすると、

「んンッ……あッ……」

琴美の呼吸は荒くなっていき、ベッドの上で腰を揺らす。

乳首は口の中でさらに硬くシコり、汗ばんだ味と匂いが強くなっていく。

やはり乳頭はかなり感じるのだろう。しつこく責めると顎がせりあがり、伸ばされた足の踵がベッドをずりずりとこすっている。

「いやんっ……あ……ああんッ……うんんっ……」

もう抑えきれない、とばかりにパンティ一枚の下腹部も妖しくうねりを見せてくる。

いったん乳首を吸うのをやめて、琴美の顔を見た。

琴美も潤んだ瞳で、じっと竜司を見据えてくる。

「あんっ……どうして……」

恥ずかしそうにしながら、琴美が口を開く。

「どうしてかわからないわ。なんでこんなに感じちゃうの……？」

琴美は自問自答しているようだった。

「俺もだ。こんな気持ちになるなんて……」

（まいったな……）

竜司は照れて笑った。

琴美もクスクスと可愛らしく笑う。

恥ずかしいが本心だった。

ただ美人というだけではない。琴美の何かに惹かれているのは間違いない。

だけどそれが何かはわからない。

姉がいなくなったという寂しさなのか。

それとも何か別のものなのか。

わからないのだが、琴美から醸し出される孤独感のようなものに、竜司は何か同調してしまうのだ。

心臓を高鳴らせながら、竜司は琴美のセミロングの黒髪を撫で、優しく肩から背中、そして腰から尻へと、存在を確かめるように手のひらを滑らせていく。

そのまま指をパンティ越しの尻割れに持っていくと、

「あっ……！」

ビクッ、として琴美が尻を逃がそうとする。

それを追うように、指でまろやかなヒップの切れ目を探る。

「あっ……あんっ……いやん」

イヤイヤしながらも、いやらしく愛撫されることで、抑えようとしている女の情感が露わになっていくのを感じる。

（もっと乱れさせたい）

竜司は身体をズリ下げ、琴美の白いパンティを剝き下ろす。するど思ったよりも濃い繁みが現れて、そこからムンとするような獣じみた性の匂いが漂ってくる。

たまらない牝の芳香に竜司の興奮が募っていく。

竜司は脚の間にしゃがみ、琴美のむちっとした太ももをつかんで大きく割り広げた。

「ああ……」

琴美が紅潮した顔をそむけたのが見える。

女が恥じらう姿は、いつ見てもそそるものだ。ましてや凜とした女医というのがいい。

（おう……）

竜司は開かれた股の間を見て、激しく興奮した。

中心部でわずかに開かれた口から、赤く肉襞がハミ出している。

竜司は欲望のままに親指と人差し指を花びらに添え、ワレ目を押し広げて中を覗き込んだ。

ぬらぬらとヌメ光る肉ビラが重なり、匂い立つ蜜があふれている。

「ああッ……いやぁ……」

閉じようとする琴美の脚を押さえつけて、女の亀裂をそっと舐めた。

「あんッ……」

琴美がクンと顎をあげ、大きくのけぞった。

「たまらない匂いだな。味も濃い」

「ああん……そんなこと言わないでっ」

琴美が眉間に悩ましい縦ジワを刻み、必死に哀願してくる。

だが、この強烈な匂いとぐっしょり濡れた薄桃色の女の秘部を味わってしまうと、男の本能がとめられなくなってしまう。

夢中になって、さらに舌責めを続ける。

ぬろり、ぬろり、と蜜をすくうように狭間に舌を這わせると、

「あ、ああ……ッ……」

琴美はさらに乱れて身体を揺らし、シーツをギュッと握りしめる。

磯のような生臭さとツンと鼻につく発酵臭が漂ってきて、酸味が濃くなってくる。

「こんなに濡らして……」

竜司は煽りながら、さらに粘膜や陰唇をこするように舌を動かす。

「あんっ……！　あっ……あっ……」

琴美は今までにない甘ったるい声を漏らして、ハアハアと息を荒らげる。

白い喉をさらけ出すほど大きくのけぞり、美貌が次第にキツくゆがんでくる。

感じている様子をちらちら見ながら、竜司は口のまわりを蜜で濡らし、ハミ出た花びらを舐めしゃぶった。

「ああ、ああ、あああッ」

いよいよ琴美は腰をくねらせはじめた。

じれったくなってきたのだ。

竜司は「欲しい」と言わせたいと、舌を上部の肉芽に押し当て、ねろんと舐める。

すると、

「くぅぅ！」

琴美はビクンと腰を跳ねあげた。

舐めるだけでなく、クリを口に含んでチューと吸いあげると、

「あうう！　だ、だめっ……ホントにだめっ……あ、あっ……」

琴美が今にも泣き出しそうな顔で、こちらを見てきた。

せつなくて、どうしようもないという表情だ。

その差し迫った様子を見ながら、さらに舌の腹で肉芽を撫でつけて刺激する。

「んっ……んっ……」

琴美はがくん、がくんと下半身を揺らしながら、シーツを握りしめて震えている。

（イカせられる……）

そう思った矢先に、琴美は何かにとりつかれたように、手を伸ばして股間のイチモツをつかんできた。

（くっ……）

ゆるゆると撫でられると、腰が震える。

琴美の目が、ぼうっとこちらを見ている。

イカせたかったが、琴美が欲しがっているならと、自ら仰向けに寝そべる。

琴美はすぐに察したようで、裸体を竜司の脚の間に滑り込ませて、黒髪をかきあげる。

再び剛直をつかんで、ゆるゆるとシゴキつつ、股間に顔を寄せてくる。

肉棒越しに、琴美と視線が交錯する。

「私も、気持ちよくさせてあげたいわ……」

甘えるように言い、亀頭部にチュッ、チュッと唇を押しつけてくる。

「おうっ……」

キスされただけで、怒張がさらにみなぎった。

クールな美しい女医が、自分の洗っていないチン×ンに唇をつけている。その事実だけで竜司の胸は高鳴った。

「ぬるぬるしてきたわ」

琴美は言いながら、先端から噴きこぼれるガマン汁も関係ないとばかりに、ねちゃねちゃと音を立てて、根元から切っ先までシゴいてくる。

「何年ぶりだろう、こんなに興奮してるのは」

言うと、琴美はウフフと笑う。

こちらを見てくる琴美の目がうれしそうだった。

ガマン汁が出るほど竜司を興奮させたことに、悦びを感じているようだ。

琴美はそうして見つめながら舌を伸ばし、鈴口を舐めてきた。

「くっ……」

たまらず竜司は呻いた。

小水の出る穴を、舌でほじるように愛撫してきたからだ。

信じられなかった。

洗ってないチ×ポの汚れた先を、愛おしそうに舐めてくる。ますます愛情が湧いた。

さらに琴美は勃起の根元をつかむと、姿勢を低くした。

「うっ……おっ……おおっ……」

竜司は脚を開きながら、みっともなく身悶える。

琴美の舌が、玉袋を舐めてきたからだ。

（そこまでするのか……）

驚きつつも、もたらされる快感は格別だった。

ちろちろとふぐりを舐められ、玉を口に含まれて転がされる。

「く、くぅぅ……」

会陰がしびれるような不思議な感覚に、今度は竜司がシーツをつかんで、歯を食いしばらなければならなかった。

（意外とエロいんだな……）

ハアハアと息を荒らげながら、股の間にいる琴美を見る。

舌を大きく差し出して、股ぐらを舐める琴美は、いつもの凜とした雰囲気とは違って震えるほどエロティックだった。

琴美はこちらを見ながら、今度はねっとりと裏筋に舌を這わせてくる。

「おおう」

思わず腰が浮いた。舌の動かし方がうまかったからだ。

さらさらの黒髪が枝垂れ落ち、顔の動きとともに揺れて下腹部をくすぐってくる。

そうしてようやくだ。

琴美は大きく口を開くと、上から肉棒を頬張ってきた。

温かな口腔に包まれただけで、竜司のペニスは熱くひりついた。

琴美はゆっくりと顔を上下に振る。

柔らかな唇が表皮を滑っていき、摩擦ですぐにジンと痺れるような快感が押し寄せてくる。

「くおお……」

たまらなかった。

竜司は腰をくなくなさせ、うっとり目を閉じる。

あまりに気持ちがよかったので、じっくり楽しもうと思ったのだ。

口の中に頰張りつつ、琴美は舌を使ってカリ首をぺろぺろと舐めてきた。勃起がジクジクと疼き、さらに快感が増している。

肉竿が、アイスのようにとろけてしまいそうだった。

竜司は口を半開きにしたまま、薄目を開ける。

「んっ、んん……」

琴美が視線に気づいたのか、しゃぶったまま見あげてくる。

せつなそうに眉根を寄せ、潤んだ目で見つめながら、大きく唇を開いて咥え込んでいる姿が、どうにもそそる。

「ん……ん……」

じゅぷっ、じゅぷっ……。

気持ちよくさせたいという琴美の姿を見ていると、もう一刻も早く貫きたくなってしまった。

4

竜司は勃起を口から外させて、琴美を仰向けに寝かせる。

息苦しさが増して、心臓がドクドクと脈を打つ。

「いいんだね」

わざと竜司が訊くと、琴美は恥じらったまま、小さく頷いた。

いきなり入れるのではなく、挿入を意識させてから、じっくりと入れようと思ったのだ。

竜司の思惑どおりに、琴美は今から貫かれる期待に、とろけた目をして顔を赤らめている。

欲しがっている様子が可愛らしかった。

望むものを与えてやるとばかりに、強引に汗ばんだ裸体を引きよせる。

そうして大きく脚を開かせて、いきり勃つものをつかみ、濡れそぼる女性器に押しつけた。

琴美が恥ずかしそうに顔を背ける。

その色っぽい顔を見ながら息をつめ、正常位で一気に腰を入れた。鎌首が女の入り口を押し広げながら、ぬるぬると嵌まり込んでいく。

「ぁあぁう……！」

琴美が顎をせりあげ、感じ入った声を漏らした。

挿入の衝撃で琴美が背を浮かすと、たわわなバストがぶるんと揺れる。

（くう……熱くて……とろけそうだ）

肉襞が肉のエラにからみつくのを感じながら、琴美の美貌がつらそうに歪んでいるのを見つめる。

「琴美さんっ……」

思わず名を呼んで、歯を食いしばり、ググッと奥まで挿入すると、

「ああっ、だめっ……あんっ……大きいっ……ああんっ」

と、琴美はギュッと目をつむり、竜司の手をつかんでくる。

（おおうっ、すごいな……）

とろけた粘膜が、まるで生き物のようにざわめいて、イチモツを食いしめながら、奥へ奥へと引き込もうとしている。

琴美はまだ目をつぶったままだったが、挿入の衝撃を受けとめるように眉間に深いシワを刻んで、ハアハアと喘いでいる。

目の下がピンク色に上気して、なんとも凄艶な表情だ。

挿入の心地よさを楽しみたいとじっとしていると、琴美がうっすら目を細めてこちらを見た。

(もっと動かして……)

泣きそうな顔がそう言っている。

ゾクゾクするほど淫らだった。

クールな女医もやはりひとりの牝だった。

男に貫かれ、さらに快楽を欲しがる淫らな表情に、竜司はますます昂ぶりを覚えて、一気に奥までペニスを挿入する。

「ああっ、いやぁ、いきなり奥まで……あああんっ」

琴美は竜司の腕をギュッとつかんで、大きくのけぞった。

目の前に揺れるおっぱいがある。

竜司は身体を丸めて、乳首を吸い立てる。

「あんっ……いやんっ……！」

びくうっ、と琴美の身体が震えて、膣がキュッと締まる。

肉の襞が包み込んでくる感じだ。たまらなかった。もう本能的に腰を動かしていた。

「あっ、だめっ……あっ、あっ……！」

短く歓喜の声をあげ、琴美が打ち震える。

竜司はおっぱいをつかみ、ねろねろと舌で乳首をあやしながら、腰を突き入れる。

ぐちゅ、ぐちゅ……と肉ズレ音が響く。

肉竿の表皮が、媚肉に締めつけられてこすられる。

密着感が増していき、とろけるような甘美な刺激が全身を駆け巡る。

（おお、すごいな……）

もたらされる快感が素晴らしい。

「あん……あん……」

琴美がひかえめに喘いでいる姿を見て、もっと辱めたくなった。

竜司は仰向けの琴美の身体を引っ張って起こすと、結合したまま自分の方に引き寄せた。

今度はこちらがベッドの上で仰向けに寝そべり、その上に琴美を乗せる。

正常位から騎乗位への移行だ。

「あっ、いやっ……」

何をされるかわかった琴美が、首を振る。

だけどもう、つながったままでは琴美も抵抗できない。

うまく足をいったん閉じさせ、自分の腰の上に乗せてから、再び大きく開かせる。

「あっ……いやっ……いやっ……こんな格好っ……」

琴美はイヤイヤするも、もう遅かった。

下から丸見えの騎乗位だ。

竜司は仰向けになりながら、琴美の細腰を両手で持ち、下からグイグイと突きあげると、

「お願い、許してっ……あっ……だめっ……あっ、あっ……!」

本能的にバランスをとろうとする手を、竜司は下からつかんで、指と指をからませる。

恋人のように手をつなぎ、琴美の身体を打ちあげた。

「ああっ……恥ずかしいっ……だめぇ……あんっ……あっ……」

ひかえめだった琴美の喘ぎ声が、激しいものに変わった。

さらにずんずん、と下から突きあげてやると、

「み、見ないでっ……あっ……あっ……ああんっ……そんなに下からなんて、あんっ、当たってるっ。一番奥に……ああんっ」

気持ちよさそうにのけぞりながら、うわごとのように琴美が言う。

打ち込むたびに、乳房がゆっさゆっさと縦に揺れる。

下から見る巨乳の迫力がすごい。

「あ、あんっ……ああっ……あああっ」

琴美の様子が差し迫ってきた。

首に筋ができるほど、ひときわ大きくのけぞり、よがりまくっている。

「気持ちいい？」

竜司が訊くと、

「ああんっ、すごく……竜司さん……あんっ……私の中、いっぱい……」

琴美が眉をハの字にして、今にも泣きそうな顔で見下ろしてくる。

（ああ、エロい顔だ……）

女が感じている顔は、男心をかきたててくる。

ぐいぐいと下から腰を押しあげると、琴美がいよいよ自分から腰を使って、もっと、とばかりに求めてきた。

クールな美人が乱れてくるのが、可愛らしかった。

さらに琴美は前傾してくると、覆い被さるように竜司に抱きつき、唇を押しつけてくる。

「う、ンうんっ……ううんっ……」

自ら舌を出して、ねちゃねちゃとからめてきた。

(こ、これはたまらん……)

竜司も琴美の背中に手をまわし、ギュッとしながら舌をもつれ合わせて、甘い唾液をすすり飲む。

琴美は上になって必死に腰を動かしながら、深いキスを求めてきた。

騎乗位とキスという組み合わせに、身も心もとろけそうだ。

射精しそうになるのをこらえ、もっと琴美を気持ちよくさせたいと、がむしゃらに下から突きあげると、

「あんっ……だめっ……ああんっ……ああんっ、もっと……もっと突いて、ねえ、

ねえ……」

ついに琴美はキスをほどき、自分から媚びた表情でねだってきた。

たまらなく愛おしかった。

竜司は自分の上で寝そべった女の奥を突きあげ、膣襞をこすりあげる。

「あん、いいわ、あんっ、あんっ……うんっ……ああっ！」

琴美はしがみついたまま感極まった声を漏らし、さらに腰を動かしてくる。

抜き差しするたびに、ぬるぬるの粘膜が男根にからみついて、搾りたててくる。

射精したい気持ちが高まってきた。

それでも歯を食いしばって、下から腰を突きあげる。

パンパンと肉の打擲音が鳴り響き、汗が飛び散りシーツを濡らした。

結合部はもう汗と愛液とガマン汁でぐしょぐしょだ。太ももびっしょりと濡れてしまっている。

「ねえ……だめっ……もうだめっ……」

琴美がつらそうに歪んだ顔を見せ、小さく首を振ってきた。

「ああん、だめっ、そんなにしたらっ……ああん、すごい。私も、ああん、イク……イッちゃうっ……ねえ、私、イッちゃうっ」

琴美がギュッと抱きついてくる。

同時に蜜壷がうねり、ペニスが締めつけられた。甘い陶酔感がふくらみ、尿道が爆ぜそうなほど逼迫する。

「くっ……こっちもだめだ、出そうだ」

汗ばんだ肢体にしがみつきながら、琴美の耳元に訴えた。

抜かなければ、と思った矢先、

「あんっ、いいのっ、出して……竜司さんっ」

琴美が訴えてきた。

よし、とばかりに今度は正常位に変えて、一気に腰を叩き込んだ。

「はああんっ、ああッ……だめっ……ああんっ……イクッ……イッちゃぅぅ」

琴美が大きくのけぞった。

そうしてガクッ、ガクッと痙攣しながら、膣がギュッと締めつけてくる。

竜司もとたんにこみあげた。

腰が痺れたと思った次の瞬間、切っ先が猛烈に熱くなって、ガマンする間もなくしぶいていた。

大量の精液が、琴美の奥に注がれていく。

身体が痺れるような、すさまじい快楽に、気が遠くなりかけた。

「あんっ、きてるッ」

琴美は絶頂を迎えたのか、放出するペニスを何度も強く締めつけにかかってくる。

強烈な心地よさに、竜司はぶるぶると身体を震わせるのだった。

第四章　潜入受付嬢

1

「第二外科病棟というのは、どこにあるのかね」

年配の男性から尋ねられて、千佳は手元の院内マップを見た。

「はい、外科病棟ですね。真っ直ぐ行って、左に曲がり……」

落ち着いた声で案内する。

（ようやく慣れてきたわ……）

受付嬢という自分の仕事に、やっと余裕がでてきたところだった。

ここのK病院は、病床数千を超す大病院だから、とにかく敷地が広くて棟も多く、慣れない人間はすぐに迷ってしまう。

だから正面玄関のところに、患者や見舞客を案内するインフォメーションブースが必要なわけだが、千佳は一週間前からその案内嬢に扮して、病院の潜入を続けている。

竜司にはやめておけと言われたのだが、千佳は少しでも竜司のためになろうと必死だった。

普段は憎まれ口を叩いていても、竜司に恩義があるのは忘れていない。

あのとき……家出したままだったら、自分の人生はどうなっていたか。

それを思うと、感謝しきれないのだ。

それにだ。

竜司にはもちろん伝えていないが、恩義とはまた違った感情もある。

言えばきっと竜司は自分と距離を取るだろうから、けっして口にはしないのだが、とにかく必要とされたいのだった。

「新本《にいもと》さん、早いけどランチ休憩しましょうか。変わるわ」

少し年配の受付嬢に言われ、千佳は交代してブースから出た。

一応適当な偽名を使い、本名の新藤千佳ではなく、新本千佳子として登録している。すべては沢木がやってくれたので、ラクなものだ。

（どこに行こうかなあ）

毎昼、千佳は院内の食堂に行ってランチをしていたのだが、どうにも目立つので昨日から院内のコンビニで買って、地味に控え室で食べていた。

（しかし、目立つわね、この制服）

胸元にリボンのある白いブラウスに、ピンクのチェックのベスト。高級百貨店のエレベーターガールのような制服は、白衣ばかりの病院では特に目にとまりやすい。

さらにはだ。

千佳はショートヘアにクリッとした目が特徴的な可愛い雰囲気で、どうも男性患者や医師にチラチラ見られるし、昨日は見舞客にナンパされた。

だから少しでも目立たないようにと、休憩時間は引きこもっているのである。

（それにしても広い……）

通路を歩きながら、あらためて思う。

失踪なんて噂があるなら、すぐに真偽は確かめられそうだが、これだけ大きい病院では、ひとりやふたりがいなくなっても、噂レベルでおしまいになりそうだ。

それに、一週間見てきただけでも、医者やナースの多忙さがわかる。今はだいぶ落ち着いてきたらしいが、コロナ禍のもと、院内でクラスターが発生しないようにと大変だったと聞いている。

現場がそんなに大変なのに、病院の上層部が保福省の官僚とつるんで私腹を肥やしているのは許せなかった。

竜司の見立てはこうだ。

保福省の官僚に、病院のナースや女医をあてがい、枕営業をさせる。その見返りは例えば認可前の国産ワクチンだ。

官僚から国産ワクチンを横流ししてもらい、富裕層にこっそりと打ってやる。その国産ワクチンの値段はおそらく相当高額だろう。その代金を官僚と春風グループと言われる幹部会で山分けする。

K病院の院長の場合、金だけではなく、富裕層とのパイプの強化が目的じゃないだろうかとも竜司は言っていた。

(そんなワクチンがあるなら、死にそうな人に打ってあげればいいのに)

しかもだ。

病院のナースや女医の弱みを握るために、臓器移植手術を優先させる、という手も使っているらしい。

(お医者さんって、むちゃくちゃやるのね)

といっても、やっているのはごく一部の人間で、このK病院に勤める医師たちは見ている限りみんな立派だと思う。

臓器移植手術の話が出たということで、竜司は自分以上に怒りが湧いているのだろう。竜司の病院嫌いに元奥さんがからんでいることは知っている。

日本の臓器移植手術は、他の国に比べて遅れているらしい。

それは病院が万が一に失敗して、訴訟を起こされたくないからだと言う。

(それに異を唱えたのは、竜さんの奥さんだったのに……)

とにかく、K病院と保福省は最悪だ。

それを告発するには、とにかく証拠である。

院長の娘の情報だと(どんな風に竜司が手なずけたか、なんとなくやり方がわかるので腹立たしいが)、院長室のパソコンに、保健福祉省とのやりとりの書かれた闇帳簿ファイルがあるらしい。

とにかくまずは、それをコピーして入手すること。

院長室のパソコンのパスワードはわかっているから、直接侵入してスパイのように盗み出すのだ。

(やっぱり夜かしら……院長とかいないときがいいんだけど……)

いつがいいんだろうかと、ぼんやり考えていたときだ。

「おねーちゃん!」

男の子の元気な声を聞いて、千佳はくるりと振り向いた。

一週間前から、知り合いになった入院患者の男の子だ。長期入院しているらしい。

「えーと、健太君《けんた》だっけ? 今日も元気ねえ」

ニコッと優しい笑みを向ける。

先日、彼が無断で小さなゲーム機を持ち込んだのを偶然見てしまったのだが、それを言わなかったら、なつかれたのだった。

「おねーちゃん、今日も美人だね」

健太が大きな声で言う。その声を聞いて、歩いていた患者や見舞客らが、こちらを向いた。

悪い気はしないが、今は堂々としているより隠密が重要だ。顔をうつ伏せたまま、屈んで男の子の頭を撫でる。

「ありがとう。うれしい」

いくつくらいだろうか。

小学生の高学年くらいに見える。

「ねえねえ、おねーちゃん」

健太が手で、さらに屈めと指図してくる。

「なあに？」

何かくれるのだろうかと腰を折ると、手紙のようなものを渡された。

なんだろうと紙を開いたときだった。

背後から別の子の声がしたと思った瞬間、タイトミニスカートを思い切り、パアッとまくりあげられた。

「もーらい！」

「きゃあ！」

千佳は咄嗟にスカートを押さえる。

が、すでに遅かった。

ほんの一瞬だが、パンストに包まれた下半身が丸出しになった。

お尻に外気を感じたから、間違いないだろう。

健太とスカートをまくったもうひとりの男の子が、走って逃げていく。スカートめくりの常習のような連係プレイに、千佳は呆気にとられるも、すぐにハッとしてまわりを見た。

入院着の男たちがニヤっとしていた。

(パ、パンツ見られちゃった！　もう！　なんなのよ、あの子たち)

千佳は耳まで真っ赤にし、早くここを離れようとスタスタ歩く。

憤慨していると、ちょうど向こうからやってきた医師と目が合った。

内科部長の西浦だ。以前、声をかけてきたから名前を知っている。

髪を刈りあげた、まあまあのイケメンである。

「千佳子さんもやられちゃいましたね。ウチのだいたいキレイどころの看護師や女医さんは、彼らに高確率でめくられますからね」

と、さも楽しそうに言う。

千佳はじろりと西浦を睨む。

「なんで注意しないんですか、先生」

怒ると西浦は少し寂しそうな顔をする。

「そりゃあ注意もするけどさ。でも先天性の疾患で、何度も入院してる子たちだからねえ。学校にも普通に通うことができないんだ。これから先も治るかどうかは未知数だ。いけないと思っても、心情的に注意はしづらいよ」

そう言われると、心が痛む。

千佳は手紙を開いてみた。

《ありがとうおねえちゃん》

と書かれた手紙には、ゲームのことで感謝する気持ちが綴られている。

西浦に言うと、彼は優しく笑った。

「僕自身も手紙をもらうことがよくある。医者は患者に肩入れしてはいけないというんだけど、医者だって人間だ。感謝されるのはうれしい。だから、全力でやるんだよ。金のためじゃない」

(へえ、さすが部長)

こういう医師ばかりなら、いいんだが……。

「いい病院ですもんね。ここ」

ふいに口に出した言葉に、西浦は少しいやそうな顔をした。

「まあね。ここは給料もいいし。僕らは一生懸命やるだけさ」

(ふーん)

なんとなく、わかっているような口ぶりだった。

「それよりさ、スカートの中を見ちゃったお詫びに今晩、食事でもどう？」

勤務中だというのにまさか誘ってくるなんて……千佳はげんなりした。

「急な部会があって、当直しなくてよくなったんだ」

「部会？」

「ああ。まあなんというか、定期交流会みたいなものさ。いろんな科の連中と情報交換をする。上の人間も出てくるから面倒臭いんだけど、夜九時までだから、そのあとどう？」

上の人間、という言葉に千佳はピンときた。

「幹部会って、院長先生とかも出席されるんですか？」

「そうだよ、もちろん」

いい情報を聞いた。なんというグッドなタイミング。

さっそく沢木や琴美と連絡を取ってみよう。

「ありがとうございます。先生」

千佳が頭を下げると、どうやらＯＫと思ったらしく、西浦の顔がぱあっと明るくなった。

「え？　いいの？　じゃあ待ち合わせは……」

「あ、違うんです」

「へ？」

ぽかんとする西浦を尻目に、千佳は電話をかけるため控え室に向かった。

2

竜司は梅原の弁護士事務所に立ち寄っていた。

「国産の闇ワクチン？」

梅原はそれを聞いて、ソファから急にむくっと起きあがった。

「ああ、保福省とＫ病院でなんらかの取り決めがあったらしい」

竜司はそこでカップのコーヒーに口をつけてから、続けた。

「相変わらず不味いコーヒーだな。まあいい。沢木が調べてわかったんだが、Ｋ病院は一般の接種がはじまる前から、すでに国産のワクチンを保福省から横流ししてもらって、富裕層の一部に摂取しようとしている。一回分、百万はくだらないそうだ」

梅原が眉をひそめた。

「おいおい、えらい話がでかくなってきたな。というか、ワクチンなんかそんな値段で売りつけられるのか？」

「知らんのか？　中国からの闇ワクチンなんか、何が入ってるかわからんのに十万だぞ。政治家や企業の社長が、国産のワクチンを打てるとなったら百万なんか安い安い」

竜司はそう言うと、カップのコーヒーを飲み干した。

「不味いと言うわりに、全部飲むんだな」

梅原が呆れたように言う。

「今週は千佳が事務所に来てないんだ。カップを洗ってくれる人間がいないから、ウチではしばらくコーヒーを飲まないようにしている」

「おまえが洗えよ。それより千佳ちゃんは大丈夫なのか？」

梅原に言われて、竜司はフンと鼻を鳴らした。

「危ないことは絶対にするなと言ってある。だけどな、なんとか院長のパソコンに入ってワクチンの闇帳簿ファイルをコピーしてくれと伝えてある」

「じゅうぶん危ないじゃないか。沢木くんたちにやってもらったらどうだ。それか院長の娘もこっち側なんだろう？　どういう手を使ったか知らないが」

梅原がニタニタと笑っている。

「俺だってそう言ったさ。だが、できれば部外者がいいとやつらは言ってる。確かに院内の人間よりは動きやすいだろう。それに千佳がどうしてもやりたいって言い張ってきかない」

「そりゃ、そうだ。千佳ちゃんは、おまえの役に立ちたいんだろうからな」

梅原がコーヒーサーバを持ってきて、カップについでくれた。

「なんで？」

竜司が訊くと、梅原はサーバをテーブルに置いて呆れた顔を見せた。

「おまえのことが好きだからだろう。まったく、食器のひとつも洗えない、裏稼業の男のどこがいいか、こっちは見当もつかんが」

竜司は鼻で笑いながら、コーヒーをすする。

「俺だって、千佳がなんで俺なんかに傾いてるかわからんよ」

「なんだ。好かれてる自覚はあるわけか。おまえもその気があるんだな」

「あるわけない」

「ホントにか？　なら、もう千佳ちゃんと関わるのは、やめとけ。責任取るもつりがあるなら置いてやれ」

「大学生だぞ。まさか、本気か？」

「十七歳差か。いいじゃないか」

「いいわけあるか」

竜司は立ちあがり、事務所を出た。

外はすでに暗くなりかけている。

（その気がないなら、千佳と関わるのは、やめておけ……か）

歩きながら、竜司は思った。

千佳は竜司の女グセを知っている。

仕事のやり方も最低だ。

それでも千佳は定期的にやってきては、仕事を手伝ってくれて、身のまわりのこともやってくれる。

しかし……やはり年齢差は大きいし、仕事のやり方を変えるつもりもない。

自分が千佳を大切に思っているのは確かだった。

だがそれは、父親と子どもの愛情だ。それ以上ではない……と思う。

一度はきちんと話した方がいいんだろうか……。

そんなことを思いながら、事務所のあるビルに入っていく。

(ん?)

ドアに手をかけようとして、竜司は躊躇した。

中に人の気配があるのだ。

千佳かと思ったが、どうも違う。カンで、それくらいはわかる。

(誰だ?)

竜司は静かにドアを開ける。

物音はなかった。しかし、まだ気配が残っている。

静かに入ってみる。窓から差し込む月明かりの中で、机や本棚が荒らされていたのが見えた。

神経を尖らせる。

足音を忍ばせて、奥へ進む。

すると、右手の手洗いのドアが開き、人影が躍り出てきた。

男の拳が竜司の脇腹に入る。

しかし、それより前に、竜司は音のする方を向いていた。

竜司は男の拳を脇に挟み、右ストレートを男の顔面に叩き込んでいた。

「ぐあっ」

男が吹っ飛び、顔を押さえた。

竜司は電気をつける。

男は覆面をしていて顔がわからない。

「誰だ？」

竜司は冷静に聞くが、男はまた拳を突き出してきた。

今度はその手を取り、背中にひねった。

ごきっと鈍い音がして、男が悲鳴をあげて床にのたうちまわった。

「何を探してた？　誰に頼まれた」

竜司は男の関節の外れた右手をひねる。

「ギャアアア」

男はしかし、叫ぶだけで何も喋らなかった。

「ふん、どうせ覆面を剝げば……」

先に男のシャツのポケットを探る。

ハッとした。

千佳の写真だった。しかも、K病院の受付嬢の制服を着ている。

（まずいっ）

スマホに手をやる。

ラインが入っていた。千佳からだった。今夜は院長以下、主要幹部がいない。院長室に忍び込むとのことだ。

慌てて千佳にかけようとしたが、もし忍び込んでいたら、着信音かバイブが鳴ってしまう。

考えてから沢木にかけた。すぐに繋がった。

「正体がバレてる。それなのに、千佳が院長室に忍び込むと書いてきた」

「さっき千佳さんから連絡きました。バレた？　まずいですね。すぐに院長室に行きます」

「頼む。ついでに俺を院内に入れるようにしておいてくれ」

電話を切る。

床に転がっていた男を蹴り飛ばす。この男を捕まえるのは後まわしだ。今はとにかく千佳を助けることが先だ。

3

千佳が目を開くと、ぼんやりした光が見えてきた。

眩しくて上を見る。

手術のときに使われる、大きなライトに照らされている。

続いてまわりを見る。手術室のようだが、部屋のつくり自体が古く感じた。使われていない部屋だろうか。

（病院なのは間違いなさそうだけど……）

「えっ……？」

動こうとしても動けなくて、千佳は慌てた。

身をよじってようやくわかった。

自分は不自由な体勢で、拘束されている。

両手は背中にまわされて縄で縛られて、鎖のようなもので天井から吊されていた。

さらにだ。

受付の制服は脱がされていて、ブラジャーとパンティだけの下着姿にされている。

ブラ越しの乳房の上と下に、縄が通されていて、乳肉が強調されるように縛られている。この縄で身体ごと吊されているのがわかった。

脚を動かそうとしたが、それもできない。

両脚を肩幅くらいに開かされ、縄で床のフックに拘束されている。要はまったく身動きできないのだ。

(なんでこんな格好で……)

まだ二十歳の女子大生としては、叫び出したくなるような恥ずかしい格好だった。

それでも千佳は必死で悲鳴をこらえた。

(今、何時なんだろう……)

西浦から、院長やら幹部の人間たちが出かけると聞き、千佳は沢木に電話をかけた。

フォローするからと言われて、千佳は院長室に忍び込み、綾子から聞いていたパスワードで院長のパソコンを立ち上げた。

そのときだ。

いきなり後ろから大きな手で口を塞がれ、

「えっ、な……ん、んんっ！」

布きれのようなものを、口に当てられたところまでは覚えている。

それから記憶がなく、気づいたらこうして拘束されていたというわけだ。

とにかく状況をつかもうと千佳はまわりを見る。

古い手術室のようだが、これといって何もない。

危ない目にあったことはこれまで何度かある。

普通の女の子より落ち着いてはいられるが、それでも捕まったのははじめてだから緊張が走る。

（どうしよう……）

考えている間に男ふたりが入ってきて、千佳は慌てて眠ったふりをした。

「ほう、これはなかなか。写真よりも可愛らしい獲物じゃないですか」

顎を持たれて顔をあげさせられた。必死に眠ったふりを続ける。

男の声には聞き覚えがない。

「どうやら沢木の用意したスパイらしいですが、フフッ、まさかこんな可愛い女を使うとは……ちょうどいいタイミングでしたよ」

（え？　私の正体……ば、バレてる……）

背中に冷たいものが走る。

詳細までは知られていないようだが、潜入者ということだけは、確実にわかっているようだ。

（どうして……？）

どこかでヘマをしたのだろうか。

だが今はそんなことを考えるより、男たちの正体をつかむことだ。

ふたりの男の声に、心当たりはなかった。

なんとなくだが、かなり年配の男のような気がするくらいで、あとのことはまるでわからない。

「女スパイか。おもしろいですなあ。ナースや女医に負けず劣らずレアものをいただけるとはね。しかし、これは誰なんです？」

「それは根本《ねもと》さんがぞんぶんに楽しんでから、ゆっくり吐かせるとしますよ。新宿には探偵まがいの便利屋みたいのがたくさんいますから。おそらくそれのひとりでしょう」

（根本？）

千佳は眠ったふりをしたまま考える。

聞いたことのない名前だ。

いったい誰なのか……。

「大丈夫かね、そんな得体のしれない女を牝にするなんて」

（牝？　牝って何……？）

「あれがあれば、どんな女も性奴隷ですよ。ご安心ください」

恐ろしい男の台詞にぞっとした。

竜司には「おまえもおもちゃにされる。危険だ」と言われていたのだが、いざ本当に目の間で性奴隷などという言葉を使われると、身体が震える。

（ああ、竜さん）

だが今は、竜司を信じるだけだ。

竜司なら必ず助けてくれる。

「しかし、そろそろ沢木たちも邪魔になってきましたので、ちょっと本格的に排除しないといけませんね。先生、しばらくは埃叩きをしますので、少しこの件は間を開けていただいて」

「ウム。わかった。飯星くんとは長いつき合いでいたいからねえ」

(飯星……まさか)

どうやらひとりは院長らしい。ということは、幹部会というのも西浦の罠だったのだろうか。

「さあて、そろそろ起こしましょうかね」

言われて、鼻先に強い刺激臭を当てられた。

「うっ……」

思わず呻いて顔をしかめる。前を見れば、覆面をした男たちが、イヒヒといやらしく笑っている。

「え、な、何……これっ！」

千佳は半分演技で、必死に手足をバタつかせる。

しかし、背中に両手をまわされて、両脚も開かされて拘束された状態で、どうすることもできないのは本当だ。

「おお、目を開くとますます可愛いじゃないか。いや、これはすごいな」

覆面のひとりが言う。

院長ではない男の方だ。こっちの方が、院長より立場が上らしい。

「思いがけない拾いものでしたよ」

ふたりでクックッと笑う。

「だ、誰なのっ、あなたたちは……」

千佳は怯えつつ、不安の声を口にする。

冷静な演技をしないと、と思うのだが、やはり怖くて震えてしまう。半分以上本気の怖がり方だ。

「わ、私をどうするつもりっ……いったいこれは何……」

「とぼけなくてもいいよ。キミがどこかの犬だってことはわかってる。あとでじっくり吐かせることにして、ンフフ、ここは病院だ。せっかくだから、たっぷりと触診してあげよう。見た目まだ若そうだし、たっぷりと可愛がって、女っぷりを開花させてやる」

おそらく院長の飯星らしい男が、覆面をしたままイヒヒといやらしく笑う。

「ふ、ふざけないでっ……触らないでよっ……ああっ、だ、誰かあッ！」

「残念だなあ、叫んだって誰も来やしないよ。ここは使ってない旧病棟だからねえ」

「しかし、見れば見るほどピチピチしていて、いい身体だな」

覆面男たちの目が、千佳の縛られた肢体に注がれる。

いやらしい視線に背筋が寒くなる。

「い、いやっ」

吊られたまま、くなくなと身体を揺すると、覆面男たちがまたイヒヒと気持ちの悪い笑みを漏らす。

いやがればいやがるほど、男たちを楽しませるとわかってはいるのだが、じっとしてなどいられない。

「ククッ。清純そうな顔と、グラマーなボディのアンバランスさがいいねえ。こんなに美人なのに、スパイみたいなことをしてるなんて、もったいない」

飯星はマジマジと千佳の身体を観察し、顔をほころばす。

千佳は後ろ手に縛られたまま、吊られた身体を揺らす。

純白のブラジャーに包まれた、たわわな育ち盛りのバストには上下に縄が走っていて、よりふくらみの大きさが強調されている。

「こんな可愛い顔をして……おっぱい大きいって最高だ」

楽しげに言いながら、覆面男が折りたたみナイフをチラつかせた。

「……！」

千佳は目を見開き、抗うのをぴたりとやめた。

覆面男は慣れた手つきで、ナイフを千佳のブラジャーの間に差し入れると、ブラカップをつかんで真ん中の部分をプツンと切り離した。

たゆんと乳房がこぼれ出る。

「いやあああ！」

千佳は悲鳴をあげて顔をそむけ、瞼をギュッと閉じた。

剝き出しになった色白の乳房が揺れ、透き通るような薄ピンクの乳首が露わにされる。

「ほうっ、キレイなもんだな。処女みたいな清らかさだ」

覆面男は目を血走らせて千佳の豊乳をつかみ、量感を楽しむように、ゆっくりと揉みはじめる。

「んんっ……！」

おぞましい指の感触に、千佳は屈辱の呻きを漏らす。

強がっていたいと思うのだが、やはり経験の少なさからくる恐怖は、どうにもしがたい。

（た、助けて……竜さん……）

千佳は心の中で助けを求める。

男たちの慣れている雰囲気が恐ろしかった。

どうやら、飯星自身はいたぶることに参加せず、もうひとりの覆面男が主賓のごとく、千佳の身体をまさぐってくる。

「ククッ、若いわりに身体の感度はよさそうじゃないか。それにしてもこのおっぱいの張りは素晴らしいねえ」

男は笑いながら、千佳の静脈を透かす白いふくらみに、ゆっくりと指を食い込ませてくる。搾るように裾野から揉み込んでいくと、薄紅色のピンクの突起がぷっくりと肥大した。

「んぅっ！」

男のおぞましい手つきに千佳は身体をよじり、くぐもった声を漏らす。

背中に両手をまわしているから、下手に逃げようとすると肩が外れそうなほど痛くなる。

「も、もうやめて……」

思わず弱気な言葉を漏らしてしまう。

演技ではなかった。こめかみに冷たい汗が流れる。見知らぬ男に身体を好きなように弄られる気味の悪さに、千佳は身体を強張らせる。

「フフ、やめてと言われても、これは診察だからねえ。しっかりと感じる女らしい身体に治療してあげるからね」

男が耳元でささやきながら、ふいに敏感な乳頭を指でつまみあげてきた。

「あ、あンッ！」

千佳はビクンっと震えて、思わずうわずった声を漏らしてしまう。

勝ち気な美貌が一瞬にして真っ赤に染まる。

思わず女っぽい声をあげてしまった千佳は、口惜しさと恥ずかしさで唇をギュッと噛んだ。

(ああ……いやよ、反応してはだめ)

それなのに、この身体の熱さはなんだろう。

乳頭を指でいじくられ、腰が自然とうねってしまう。自分の肉体に生じている異変に、千佳の不安は大きくなっていく。

「フフッ……経験は少なそうだが、もうおっぱいの先をこんなに尖らせて、これは素質がありそうだ」

「ああ、い、いやあ……あああっ！」

千佳はパンティ一枚というあられもない格好で、後ろ手に縛られて天井からの鎖に吊されている。

両脚も開ききったまま固定され、身動きできない。

そんな恥ずかしい格好で嬲られているシーンを、もうひとりの覆面男、おそらく院長の飯星は、カメラを構えて撮影していた。

「い、いやっ……撮らないでっ！」

千佳はいやいやして必死に逃れようと身体をよじる。

「ククッ。撮影して欲しくなかったら、どこまで知っているか喋ってもらおうかな」

「な、なんのこと……知らないわ」

怖くて震えるが、竜司のことだけは喋りたくない。

「ほう。若いのに、たいしたもんだなあ。まあ、その勝ち気さがどこまで持つか楽しみが増えたよ。パソコンに何かがあるってことは知ってるんだな……さて、その先をどこまで知っているのか……」

飯星は嘲笑しながら撮影をはじめる。

「おや、顔が赤いな。いやらしい姿を撮られるのがうれしいのかな？　それとも無理矢理されるのが好きなのかな」

ふたりの男に煽られる。

「ち、違う……私は悦んでなんかっ！」

千佳はかぶりを横に振り立てた。

「違う？ ククッ、そうかねえ」

覆面男は言いながら、千佳の乳首にむしゃぶりついてきた。

「いやっ、いやぁぁ！」

生温かい舌が乳房を這いずってくるのを感知して、千佳は悲鳴を続けざまにあげる。

なめくじのような舌が、ころころと乳首を舐め転がす。

さらに口をつけてチュゥッと乳首を吸い立てられた。男の舌や唇が敏感な乳首に這いずりまわる。

「やめてっ、ああっ、やめてぇ」

「フフフ、乳首の感度はなかなかだなあ。合格だよ」

言いながら、再び乳房にむしゃぶりつかれる。

なんともおぞましいが、しかし、むず痒くなるような絶妙なタッチなのは間違いなかった。

男は老獪な責めに長けている。そんなテクニックに二十歳の千佳が抗えるはずもなく、女体が火照りを増していく。

「おやあ。腰が動いてるぞ」

覆面男はククッと笑いながら、乳首を甘噛みした。

「あッ」

千佳の身体がビクンと弾んだ。

硬くしこった乳首をさらにねろねろと舐めまわされる。

「い、いやっ！　やめて、ああっ……ああ……ッ」

泣き叫ばずにはいられなかった。

いやらしい唇や舌で、好き勝手にバストを嬲られる口惜しさと恥ずかしさに、じっとしてなどいられない。

それに加えて、反応してしまう自分のみじめさにも腹が立つ。

（……ああ、千佳。反応しちゃだめよ）

千佳は自分を奮い立たせようとするのだが、どうにも身体がコントロールできないでいた。

「フフ、発情してきたかな。いい匂いがするよ」

いやらしくささやきながら、覆面男は千佳の恥ずかしい腋の下付近に鼻を寄せ、くんくんとわざとらしく匂いを嗅ぐ。

「や、やめて！　ああんっ」

「ククッ。腋汗の匂いが刺激的だねえ。可愛らしい顔をしていても、いやらしい女の匂いをさせるじゃないか」

言われて千佳は、顔を真っ赤にして首を振った。

さらに男は千佳の腋窩にブチュ、と唇を押しつけてから、窪みを舌でねろねろと舐めはじめる。

「ああ……や、やめてぇ……」

くすぐったさと恥ずかしさしか感じなかったはずなのに、いつしかくぐもった悲鳴に、女の情感が混じるようになってしまっていた。

まるでアイドルのような愛らしい童顔に、豊満なバスト。しかも腰はしっかりとくびれていて、男の目を楽しませるボディだ。

覆面男はそのプロポーションや美貌を見て、ククと忍び笑いを漏らす。

「こりゃあ、思った以上に上玉だなあ。たまらんよ」

男はナイフを再び出して、容赦なく千佳の純白パンティのサイドを切り、布きれと化したパンティを強引に引き抜いた。

「いやぁぁ!」

千佳は顔がちぎれんばかりに首を振り立てる。

後ろ手で縛られたまま吊られた千佳は、いよいよ上も下もすっぽんぽんという無残な格好にされてしまうのだった。

4

竜司がK病院の夜間受付に行くと、座っていた警備員が出てきた。竜司はその男に沢木の名前を告げる。

「沢木先生ですか? あの、失礼ですがお客様は?」

警備員が呑気な返答をする。

(おい、マジか……?)

先ほどの電話では、院内に入れるようにしておくといったはずだった。

「野崎と言います。急いでるんです」

「ちょっと待ってくださいね。確認しますから」

警備員が戻っていく。そんなものを待っている余裕はない。

そのまま入ろうとすると、警備員が止めに入ってきた。

「何をしてるんですか。警察を呼びますよ」

「呼ぶなら呼んでくれ。こっちは忙しいんだ」

警備員が腕をつかんでくる。

その手を取ってひねりあげたときだ。

「いててッ……あ、沢木先生」

白衣姿の沢木がようやくやってきて、竜司は手を離した。

「すみません、遅くなって。荒木《あらき》さん、こちら僕のお客さんで間違いないですから」

荒木というのは警備員の名前だろう。その警備員は腕をさすりながらも、こちらを訝しんだ目で見ていたが、理由を説明している暇はない。

ふたりはすぐにその場を離れて、中に入る。

「遅いぞ」

「すみません」

「なぜバレたんだろう」

早足で廊下を歩きながら、竜司が訊く。

沢木は首を振る。

「わかりません。今夜は幹部会があると言われていたので、チャンスだと思って、千佳さんにお願いしたんです。しかし、幹部会に院長は出てきませんでした。そんなこと今までなかったのに」

「計画的に千佳をおびき出そうとしてたんだな。院長室は?」

「誰もいませんでした。でも、たった今、保福省の根本という男が院長を訪ねてきていることがわかりました」

「なんだと」

緊張が走る。

「まさか、千佳をその男に貢ぐ気か……?」

「可能性はあります」

沢木は続ける。

「ただ、幸いなことにまだ中にいるようです。深夜の受付はさっきのあそこだけですから。荒木さんには院長が外に出るようだったら連絡してくれ、と言ってあります」

なんということだ。

やはり千佳にまかせたのはまずかった。

竜司は両の拳を握りしめる。

だが、後悔しても遅い。今はとにかく千佳を見つけることが先決だ。

思いを巡らせながら沢木に訊いた。

「待てよ……院長なら、他の出入り口も使えるんじゃないか？」

「いえ、無理です。鍵を使うならセキュリティを切らないと警報が鳴ります」

「となると、やはりまだ中か」

深夜の病棟はシンとしている。昼間の喧噪が嘘のようだった。

どこだ。どこにいる。

（しらみつぶしに部屋を探すか？　いや、そんな時間はない）

「人が絶対に来ないような場所はないか？　セキュリティも関係なしの」

竜司が訊く。

沢木はちょっと考えて、「あっ」と小さく声をあげた。

「旧病棟があります。立て替えをするんで壊す予定なんですが、院長なら中に入れるはずです」

「さあて、次はこっちの診察もしようかねえ」

覆面男は広げられた千佳の脚の間にしゃがみ、繊毛の下に息づいた千佳の女の園を指でくつろげる。

「や、やめてぇぇ！」

恥ずかしい部分を覗き込まれる恥辱に、千佳は必死に身体を揺する。

しかし、鎖ががちゃがちゃと鳴るだけだ。縄はしっかりと千佳の白い肌に食い込んでいて、身体を揺すれば痛みが走る。

「フフ、おやあ……」

男が下から恥部を覗き込んでくる。

「いやぁぁ！」

「形といい、色艶といい、品があるねえ。実にうまそうなおま×こだ。それにもうこんなに濡らして……クク ッ」

覆面男の指が肉ビラの内側を撫で、ゆっくりと膣穴を攪拌する。

「くうう！」

撮影されているとわかっているのに、腰がとろけるほどの快美のせいで、膣奥から恥ずかしい蜜をあふれさせてしまう。

「ククッ。いやだいやだと言いながらもこんなに……」

男が中指を千佳の眼前に差し出した。

指先は蜂蜜のようにトロッとした透明な粘膜に包まれている。

濡らしてしまっているとわかっていても、実際に見せつけられると羞恥にカアッと頭が灼ける。

千佳がイヤイヤすると、男はまた笑って、さらに指を千佳の膣奥にくぐらせてきた。

「あっ……やっ」

身体の奥まで、卑劣な男の指でえぐられ、クチュクチュと猥褻な水音が聞こえてくる。

じっとしてなどいられない。

千佳は腰をよじり抗おうとするのだが、肉襞を甘くこすられると、どうにもできない快楽美が襲ってきて、いやらしく尻を振り立ててしまう。

「ククッ……こっちの感度も合格だよ。いい患者だ。ついでにこっちの検査もしておいてあげよう」

男がしゃがみながら、今度は千佳の背後にまわった。

「ひっ」

両手でがっちりとヒップをつかまれ、千佳は身体を震わせる。

「ほう、アヌスも可愛いもんだな」

男は覆面のまま、千佳の深い尻割れに顔を埋めた。

「ひうぅ！」

いきなり肛門に唇を当てられて、千佳は短い悲鳴をあげた。

「ああ、いやあ、そんな、そんなところ……」

縛られた不自由な体勢のまま、千佳は腰を逃そうと身悶える。

排泄の穴を覗かれ、それどころか唇で愛撫されるなど、二十歳の乙女にはたえがたい恥辱だ。ある意味、女性器をいたぶられるよりつらい仕打ちに、千佳はむせび泣く。

「感じるツボは多い方がいいだろう？　こっちの穴も開発してやるからな」

桃割れに顔を埋めた男はそう言うと、窄めたアヌスの柔襞を、舌でねろりねろりとなぞりはじめる。

「そんな……あっ……あうう……んんっ」

汚辱感に身を震わせつつも、甘い声を漏らしてしまい、千佳はうろたえた。

「だめぇ……も、もう……あっ……あっ……ハアア」

舌がねろねろと、おちょぼ口のまわりを舐めると、不気味さとくすぐったいような異様な感覚が身体の奥から湧き出てきて、熱い喘ぎをこぼしてしまう。

ショートヘアを振り乱し、汗の光る腰をセクシーにくねらせて、女の声を漏らしてしまう自分が信じられない。

(ど、どうして……)

清らかな身体が、卑劣な男の舌や指で穢されていく。

その哀しみに打ちひしがれつつも、さらに衝撃なのは身体が反応してしまっていることだった。

「ヒクヒクさせてるなぁ。こっちも敏感じゃないか。これはいいぞ。院長」

覆面男は興奮し、ついつい飯星の正体をバラしてしまう。

しかし、千佳にそんなことを考える余裕はない。

「フフ、ようし……尻の穴を洗浄してやろう。もっと気持ちよくなるぞ」

尻穴の皺をなぞっていた男の舌が、今度は狭い肛門をとらえて、ニュルリと内部に侵入してくる。

「あああ！」

（そんなッ！　ああッ、や、やめてえ）

熱く湿った粘膜の層をヌルヌルとした舌でかきまわされる感覚のすさまじさに、千佳は裸身をのたうたせる。

身体の奥まで舐められるようなむず痒さに、狂ってしまいそうだ。

しかもだ。

同時に前の穴を指でまさぐられて、どろどろとした膣穴から、恥ずかしい汁をあふれさせていく。

「クククッ、尻の穴がよっぽどいいらしいな。こっちの穴も熱くなってきたぞ」

男に指を出し入れされると、ぶしゅ、ぶしゅといやらしい音が膣からして、熱い官能の蜜があふれていく。

（だめっ、だめ……）

必死に反応しまいとするのだが、前から後ろから指や舌で愛撫されると、昂ぶってきてしまう。

「フフ、そろそろ欲しくなってきたかな。それとも正体を話すかい？」

千佳の様子を感じ取った覆面男は、尻穴から舌を外し、今度はワレ目全体を下から上に舌でねろねろと舐めあげはじめた。

「し、正体なんて……あんっ……ああっ……はあああ……」

あまりの気持ちよさに、千佳のしなやかな爪先が内側に丸まり、ぶるぶると震えている。

(あうぅう、か、身体が……ああんっ……芯がとろけちゃう……)

次第に意識がぼんやりし、身体に力が入らなくなっていく。

千佳は細い眉を一層たわめ、目を閉じて長い睫毛を震わせた。

白い肌はすっかりとピンクに上気し、女の匂いをムンムンに漂わせていた。犯される女の悲哀が一層感じられ、覆面男をさらに興奮させてしまう。

「フフ、こりゃあ診察どころじゃないぞ。一発やらんとおさまらん」

覆面男はうわずった声で言うと、着ていた服を脱ぎ、そそり勃つ肉棒を千佳に近づけた。

「い、いやあああ！」

犯される……千佳は正気を取り戻して必死に身体を揺する。

(竜司さんっ！　竜司さんっ……)

助けてくれるはず……千佳は竜司のことだけを考える。

切っ先がわずかにワレ目を押し広げる感触があった。千佳は目を見開く。

そのときだった。

「千佳ッ！」

手術室の重いドアが開き、竜司が駆け込んできた。

「な、なんだおまえは……どうして鍵が」

ふたりの覆面男が狼狽える。

「古いドア鍵くらい、簡単に開けられる。院長の飯星と保福省の根本だな」

竜司の言葉に覆面男たちが顔を見合わせる。

「な、なんのことかわからんな」

冷静なフリを見せてから、ふたりは逃げようと入り口に走った。

だが、次の瞬間。

竜司がひとりの男の尻を蹴り飛ばした。

ふいうちをくらって、もうひとりの男とともにつんのめって壁にぶつかる。さらに竜司は男たちの鳩尾《みぞおち》に拳をめり込ませる。あっという間だった。

「千佳」

竜司が駆け寄ってきて、じろじろと見た。

「……おまえ、けっこういい身体してんのな」

縄をほどいてもらったら、蹴り飛ばそうと思った。

第五章　女医の正体

1

「はぁぁん！　いいっ……いいわっ……」

琴美の両脚を大きく広げさせた竜司は、激しいピストンで怒張を送り込んでいた。

「ああっ、ああああんっ……はぁぁぁ……すごいっ、ああんっ、そんなにしたら……ああんっ、だめぇえ」

琴美は泣きわめくような声をあげ、ベッドのシーツをつかみながら、ヒップをクイクイと押しつけてくる。

「ぁああ……あんっ、あんっ……ぁああ……あぁっ……お、おかしくなる、おかしくなるっ」

白い喉を突き出し、柔らかなバストを揺れ弾ませながら、美人女医は貪るように腰を使ってくる。

（すごいな……）

竜司は歯を食いしばり、Ｍ字開脚している琴美にぐいぐいと男根を押し込みながら、ふたつの胸のふくらみを両手で捏ねた。

「あんっ、すごいっ……ああんっ、竜司さん、ねえ……ねえ……」

琴美が双眸を潤ませて、訴えかけてくる。

竜司は正常位で突き入れたまま、前傾して琴美を抱きしめる。

琴美も竜司の背に手をまわし、下からしがみつくように、ギュッと抱きついてくる。

その瞬間に蜜壺がキツく締まった。たまらなかった。

竜司は激しく唇を重ねると、

「ンンッ……んふぅ……んんぅ……」

鼻奥で悶えながら、もうガマンしきれないとばかりに、琴美の方から舌をからませてくる。

ねちゃねちゃと唾液の音をさせながら、激しいキスに興じ、琴美はさらには腰も使いはじめてきた。

（おうっ、こりゃ……たまらん……）

久しぶりに抱いた琴美の味は、やはり格別だった。

なかなか逢えなかったのは、K病院で大きな動きがあったからだった。

あのとき、竜司が手術室に踏み込んで千佳を助けたことで、K病院の「春風グループ」と保健福祉省の癒着が白日の下にさらされることになった。

癒着の内容が、国産ワクチンの利権がらみということで、大きく報道されたのだ。

石田美香子たち女医やナースがクスリ漬けにされ、軟禁されて客を取らされていたというスキャンダルな事実は、報道ではふせられた。

しかし院長の飯星や内科部長の西浦をはじめとする通称「春風グループ」に属していた医師たちは、性的暴行、さらには官民一体となった認可前の国産ワクチンの横流しなどで十人が起訴され、保健福祉省の人間も逮捕が相次いだ。

保健福祉省とK病院はズブズブの関係であり、K病院自体の存続も問題視されていたが、ナンバー2であった事務総長の保村《やすむら》という男が立て直しを図るということで、なんとかK病院は出直しに着手することができたのだった。

「ああっ、も、もうっ……ああああっ、だめっ、だめぇぇぇ……！」

琴美がキスをほどき、泣き叫びながら背中に爪を立ててくる。

「おおおっ、こ、琴美さんっ」

竜司は抱きしめながら、グイグイと突き入れた。

ずりゅ、ずりゅ、と膣襞を張り出した肉エラでこすれば、媚肉はさらに締めつけてくる。

竜司は、琴美の汗ばんでとろけた美貌を見つめる。

しっとりと柔らかな白い肌の感触が心地よく、むせ返るよう女の発情した甘い匂いが鼻孔をくすぐる。

たまらなかった。このままずっとつながっていたかった。

しかし射精への欲望はどんどんふくらんでいく。

琴美も追いつめられているのが、表情でわかった。

それに加えて、勃起をしたたかに咥え込んだ膣肉が、アクメの前兆なのかヒクヒクと痙攣するのが生々しく伝わってきた。

「はあぁあんっ……私、私、もう……もう……ああんっ、イクッ……イッちゃうっ！」

琴美が歓喜の声をあげる。

こちらも限界だった。一気に押し込んだ。

「あん……あああんっ、イクッ……イクッ……ぁあああッ！」

琴美が昇りつめて、しがみついてくる。

「おおおっ、こっちも出るっ……！」

もうとまらなかった。熱い欲望を琴美の中に注ぎ込んでいく。

すさまじいほどの気持ちよさだった。

やがて射精がおさまり、ハアハアと肩で息をしていると、彼女は目をうるうるとさせながら、

「すごくよかった……」

と、身を寄せてくる。

「ああ、俺もだ……」

見つめ合い、とろけるようなキスに耽る。

「それにしても大丈夫なのか、あなたは？」

病院のことを口にしたのは、ラブホテルのベッドの上でしばらく抱き合ったあとだった。

「ええ……まあなんとか……大変だけど、やるしかないわ」

琴美がこちらを見た。

決意に満ちた顔だった。

「それで、姉さんは大丈夫だったのか？」

「え？」

琴美は一瞬、とまどったような顔を見せた。

「いや、石田美香子先生だよ。彼女は薬物を注射され、ハニトラ要員にされて監禁されてたんだろう？」

竜司が言うと、琴美は「ああ」と言った。

「そうね、ホントによかったわ」

と言ってから、甘えるように汗ばんだ顔を竜司の胸板に押しつけてきた。

しかしだ。

ふと気になった。

今の反応はなんだったんだ。

実の姉が帰ってきて、安堵したんじゃなかったのか？

だが、人の家庭にはいろいろあるものだ。

首を突っ込むもんじゃないなと、竜司は忘れようとしたのだが……。

2

琴美と会った次の日。

「ニュースでやってたけど、K病院は別の人間が院長になって、経営を続けていくんですって。琴美さんたちも続けられてよかったですね」

千佳がコーヒーを持ってきて、そんなことを口にする。

ソファに寝そべっていた竜司はドキッとした。昨日、琴美とこっそり逢い引きしていたからだ。

このところ、以前にも増して千佳の目が厳しくなっていた。

自由恋愛だと思うのだが、それを言うと、

「依頼人に手を出さないという約束はどこにいったの？」

と、噛みつかれる始末である。

（まったく、保護者かよ……）

K病院で飯星たちに弄ばれたことで、しばらくはふさぎ込んでいたのだが、最近はようやく吹っ切れたようで、それはよかったと思う。

ところが前にも増して、こちらを見る目が厳しくなってきたのは、いったいどういう心変わりなんだろうか。

「ナンバー2が経営の立て直しを図るようだ。もともと院長とナンバー2は勢力争いしていたらしい」

「綾子さんは？」

「彼女は小さな劇団からやっていくそうだ。院長や院長夫人と仲はよくなかったし、悪いことをしていると知っていたからホッとしたみたいだな」

「琴美さんたちもたいへんなんでしょ？」

「どうかなあ。ジャーナリストとかマスコミが来て、一時期は相当うるさかったみたいだが……今は静かなようだぞ」

ソファから起きあがり、熱いコーヒーをすすると、千佳がジロッと睨んできた。

「今の話、琴美さんから直接聞いたのね？」

またギクッとした。

「なんでだよ」

「ニュースでやってなかったこと知ってる」

千佳がつめてきて、竜司は慌てた。

「電話だよ。電話で聞いたんだよ」

「嘘ばっかり。白状してください。会ってたんですよね」

千佳がスマホの画面を見せてきた。

画面には、琴美と並んで歩いている竜司の姿があった。

「なんだこれ」

「梅原さんが、わざわざ送ってきてくれたんです。まだ会ってるぞって」

(あのばか……)

少しは口止め料を払っておけばよかった。

千佳がのしかかってきた。

コーヒーがこぼれそうになって、慌ててテーブルに置く。

「いいじゃないかよ、別に」

「よくないもん」

「なんでだよ」

訊くと、千佳が頬をふくらませて睨んでくる。

まいったな、と思っていたときだった。

「竜ちゃん。あ、いた。あらあら、いつも仲がいいわねえ」

いつものように若作りメイクをしたミナミが、ノックもせずに入ってきた。

千佳が慌てて竜司から降りて、

「違います」

と、憮然としてキッチンに歩いていく。

「なんで怒ってるの?」

ミナミがずけずけとやってきて、ソファに座る。

「まあいろいろと……で、なんすか、いつも突然に」

竜司はコーヒーに口をつける。

ミナミは長い髪をかきあげながら、言う。

「頼まれて欲しいのよ、お店」

「またっすか? 警察に踏み込まれるとかないですよねえ」

以前も頼まれて、ハプニングバーで熟女たちの相手をしていたら、警察から摘発を受けたという苦い過去がある。

「最近はコロナの影響もあったからおとなしいもんよ。あれからもう少し健全な経営にしたんだから。お客さんの免許をコピーして、素性を確認したり」

「でもハプバーはハプバーなんでしょ?」

「しょうがないわよ、それが儲かるんだから」

どうやら根本を変える気はないらしい。

竜司はため息をついた。

「わかりましたよ。でもこの前も言ったように、最近、あんま勃たないっすよ」

「嘘ばっかり。昨日だか美人と歩いてたって梅ちゃんが……そうそう、この人」

ミナミは置いてあった千佳のスマホの画面を指差した。

「んー?」

ミナミは怪訝な顔をすると、スマホをひょいと取ってから少し離して画面に目をやった。どうやらもう老眼らしい。

「やっぱり、あの子だわ……役人の接待をしたときにきた、VIPのキャバクラ嬢よ、この子」

「またあ。だからK病院の女医さんですって。誰かと間違ってるんですよ」

竜司が言うと、ミナミはジロッと睨んできた。

「そうやって年寄り扱いする。間違いないわよ」

ミナミは自信満々だった。

（ＶＩＰのキャバクラ嬢か……）

竜司はもう一度スマホに映る琴美を、まじまじと見た。

女医が副業で夜の街に出るなんて聞いたことがない。ましてやＫ病院という大病院の医者だ。

（Ｋ病院か……病院？）

竜司は考え込んだ。

「どうしたのよ、竜ちゃん」

ミナミが不安そうに訊いてくる。

「いや、ちょっと待ってくださいよ」

最初からこの案件は、どこかもやもやしたものがあった。

春風グループのことがわかっているのに、自分たちは隠れて、部外者である竜司たちに調査をやらせようとするような妙な動きに違和感を覚えていたのだ。

確かに敵に正体を隠したいのはわかるが、それでも最後まで正体を現さないのはどういうことなのか……。

そこでハッとした。

(いや、まさか……そんなわけは……)

考えていると、ちょうど千佳が、ミナミのためにコーヒーを運んできた。

「なあ、千佳。K病院に潜ってたとき、琴美さんに会ったか？」

琴美の名前にムッとしながらも、千佳は「うーん」と考え込んだ。

「会ってない……気がする。琴美さんとか沢木さんの名前は、絶対に出さないでって言ってたし」

やはりだ。

竜司はまた腕組みをして、宙を眺めた。

何度も琴美には会っている。

だがよく考えれば、病院で会ったことは一度もない。それが妙に不自然な気がした。

(何かへんだ……何か……)

「ねえ、竜ちゃん、その集まり行ってみる？」

ミナミが言う。

「え？ 今もやってるんですか？」

「定期的にやってるのよ。私ね、意外と芸能事務所とかとつながっていて、政治家とか官僚とかは、その芸能事務所が斡旋してくれるのよ。芸能事務所と政治家ってつながってるからねえ」

「芸能事務所と政治家か……」

ますます話が胡散《うさん》臭くなってきた。

と、同時にもやもやしたものが少しずつ晴れていくのを感じる。

竜司はミナミが帰った後、すぐさま師長の宮下朋子にメールをした。

彼女は春風グループのことは知らなかったので、嫌疑もかけられずに師長のままナースを続けている。

折り返しの電話はすぐにきた。

「全然連絡くれなくて……寂しかったのよ。いつ逢えるの？」

朋子が甘えるように言う。

身体が熱くなってきた。たまには熟れに熟れた果物が食べたくなってくる。

竜司は千佳に見えないところで、小声で話す。

「来週はどうですか？　お休みは水曜日でしたよね」

「ええ、いいわ……」

細かい時間を聞いてから、竜司は本題に入った。

「それと、七瀬という女医のことを訊きたいんです」

「七瀬？」

朋子は電話の向こうで、明らかに訝しんだ声を出した。

「下の名前は琴美です。七瀬琴美」

「七瀬琴美……外科の人？」

「いえ、確か内科医のはずですが」

「だったらそんな名前の人はいないわよ。内科医の医師の名前はみんな知ってるもの。誰かと間違えているんじゃないかしら」

竜司は考えた。

「……石田美香子先生の妹は？」

「え……いないわよ、そんな人」

朋子があっさり言った。

電話の声から、嘘をついているようには思えなかった。

(じゃあれは誰なんだ？　俺が抱いたのは……)

3

「この番号は、現在使われておりません」

ばかな……。

沢木の携帯にもつながらなくなってしまった。

しかもだ。

沢木はすでにK病院を辞めていた。

病院に問い合わせたが、個人情報だと言われ、それ以上のことがつかめなくなってしまった。

「キツネにつままれたみたいだな」

梅原は腕組みして、ソファに深く腰かけた。忙しいというところを無理に押しかけたのだった。

「他人事みたいに言うな。おまえも関係してる話だぞ」

「いや、そうだけど……とにかく、いなくなった理由はわからないんだな？」

言われて竜司は首を振った。

「わからん。理由がない」

院長たちが、役人たちと癒着していたのは間違いない。それを暴いたのは、琴美や沢木たちのはずだ。

「おまえに悪事を暴かせて、本人たちは雲隠れか。なんだか裏の仕事人みたいじゃないか」

梅原が笑う。

「それならいいんだけどな。だが、七瀬琴美が、身分を偽っていたのが気にかかる。いったいどんな理由があるんだか」

「まあでも実害は出てないわけだろ。悪事を暴いたのは間違いないんだから、そんなに気にしなくても」

梅原があっけらかんと言うので、竜司はムッとした。

「呑気なもんだな。元はと言えば、おまえが俺を紹介したから、へんなことに巻き込まれた」

竜司が言うと、梅原は意外そうな顔をした。

「いや、彼女たちは、どっちにせよおまえのところに行ってたんだぞ」

竜司は「え？」と驚いた。

「どういうことだ？」

「俺がおまえを紹介すると言ったとき、向こうさんはおまえのことを知ってたからな」

「なんだって？」

思わず声が大きくなった。

「なんで先にそれを言わない？」

「いや、実はな、向こうさんから、おまえとは初めて会うことにしてくれって言われたんだよな」

「それに乗ったのか？」

「前金で十万だからな。それに面倒くさかったから、おまえに押しつければいいかと思って。大事なことだったかな」

「大事だよ。早く言えよ、それを……」

竜司は立ちあがって、梅原の事務所を出た。

もともと、琴美や沢木はこちらを知っていた。

それならばまた話は変わってくる。

（俺を知っててわざわざ梅原を介したのは……俺に信用させるため？）

それにしても正体を隠す理由がわからなかった。

裏稼業だから、依頼人に詳しい身元は訊かない。だからこそ、竜司の元には裏の仕事が舞い込んでくる。

だが、今回はそれが仇となった。

梅原も竜司も、沢木や琴美の細かな素性を訊かなかったし、特に調べなかったのだ。

竜司は歩きながら、携帯を出した。

とにかく気になる。

特に琴美だ。二度と会えないかもしれないというのは、はっきりいってもったいなさすぎる。

「沢木先生は連絡が取れなくなってるんですって。知り合いの先生で、沢木さんと親しい人がいるんだけど、急にいなくなって困ってたわ」

朋子が服を脱ぎながら、説明する。

赤いブラが目に飛び込んできて、やる気満々だなと竜司は苦笑しそうになる。

「家族はどうなんですか?」

竜司も服を脱ぎながら言う。

渋谷のラブホテルは、木曜日はサービスデーだ。

狭い部屋だが金額的には安くあがっていいなと、竜司はセコいことを考えてしまう。

「沢木先生は独身。一応出身地とかもコピーしてきたけど、いる？」

「ええ。ぜひ」

朋子はブラジャーを外して、豊満な乳房を見せつけてきた。

やはり四十二歳の人妻には見えない張りのあるおっぱいだ。下腹部がムクムクと大きくなってしまう。

竜司はベッドに押し倒し、唇を奪ってから訊いた。

「今どんな状況なんです？ K病院は」

「どうって、事件の前とほとんど変わりないわよ。まあ上の経営者たちは大変でしょうけど、現場の私たちはいつものように忙しいだけ」

朋子は自虐的に笑った。

ちなみに、彼女には今回の事件のひととおりは話してある。

確かに石田美香子に対しての仕打ちは、まあ褒められたものじゃないが、反省はしているようだった。

何よりもまだ裏があるとすれば、朋子に調べてもらうのが手っ取り早い。なので、こちらの手の内を話して、仲間に引き入れたというわけだ。

「ねえ、話の続きはあとにしない？」

朋子が首の後ろに手をまわして引き寄せた。

再びキスをする。今度は舌をもつれ合わせる深い口づけだ。

ピチャピチャと音を立てながら、口を吸い合っていると、無性に気分が昂ぶってきて、竜司は乳房を揉みしだきつつ、パンティの上端から熟れたおま×こに指を忍ばせる。

（おっ……）

すでに亀裂が濡れていて、竜司の身体は熱くなる。

早くも欲しくなってしまった。

竜司は朋子の赤く扇情的なパンティを脱がすと、大股開きにさせ、たぎった肉棒を突き入れる。

「あああっ！　お、大きいっ……い、いいわっ……」

朋子が獣のように腰を使ってくる。

竜司は激しいピストンをしながら、早くも射精の予兆を感じつつ、実は琴美のことを考えてしまっていた。

《奥様、たいへんだったのね》

ふいに、琴美が口にした言葉が思い出される。

そういえば、琴美はやけに元妻のことを訊いてきた気がする。

その話を口にしたのは、梅原が喋ったからだと思っていた。

しかし、向こうが最初から竜司のことを知っていたのなら話は別だ。

(もしかして、玲子のことと何か関係してるのか？)

単なるカンだが、当たってみる価値はあると思った。

4

(すごい世界があるもんねえ……)

看板も何も出ていないビルの一室で、千佳はカウンターでノンアルコールのカクテルを飲みながら、まわりを見渡していた。

外から見れば廃ビルのようなみすぼらしさなのに、中に入れば、高そうなソファやテーブルのある、おしゃれなバーのようだ。

派手なシャンデリアなどがないから、地味に見えるけれど、やはりお金はかかっていそうである。ダンスミュージックではなく、ムーディな音楽も、大人の世界という感じだ。

きょろきょろしていると、ミナミがやってきて耳打ちした。

「気をつけてね。誘われたら、予約があるって言って断るのよ」

「わかりました」

千佳は頷いて、よし、と自分に気合いを入れる。

ミナミが琴美を見かけたというハイクラスのパーティに、千佳はタレントの卵と偽って潜入していた。

(しかし、やだなあ、この格好……)

ドレスコードがあるので、千佳も赤いドレスを着ているのだが、かなりのミニ丈で太ももが丸見えだった。

さらに胸のところも大きく開いているので、白い谷間が露わになっている。

「ねえ、キミ、いいかな」

男が声をかけてきた。

いかにも軽そうな若い男だ。

このパーティに来ているということは、金持ちの実業家ってところだろうか。さすがに医者や官僚や政治家には見えない。

「すみません、私、予約があって」

「ああ、そうなんだ。残念。ねえ、名前とか教えてよ」

しつこいなあと思ってたら、ミナミがやってきて適当なことを男に言ってあしらってくれた。

また声をかけられるのもいやなので、千佳は少し室内を歩いてみた。

広いラウンジには、同じようにドレスを着た女の子が、男たちと楽しそうに談笑している。

一見するとお見合いパーティのようだが、違うのは、男がセレブで女がタレントやモデルといった華やかな外見の子ばかりということだ。

そして、これはミナミがこっそり教えてくれたのだが、男のＶＩＰ客は女の子を連れ出して遊ぶことができるらしい。

「ああ、いたいた。千佳ちゃん。なんかすごいわね、ここ」

黒いドレスを着た女は、宮下朋子である。

竜司がひとりでは危ないからと、お目つけ役として用意したのだ。

めんどくさいが、必ずふたりで行動するように言われている。

「きょろきょろしないでください。バレますよ。誘われたら、予約があるって言って断ってくださいね」

先ほど、ミナミに注意されたことをそのまま言うと、朋子はムッとして目を細めてきた。

「わかってるわよ。でも、私はあなたの監視なんだから。私には従いなさいよ」

師長らしく、上から目線で言ってくる。

千佳もジロッと睨みつける。

(なんでこんなおばさんなんかと……)

と、思うのだが四十過ぎの人妻だというのに、意外なほど若々しく、かなりキレイではあるので嫉妬してしまう。

セミロングの黒髪に、整った目鼻立ち。

特にこのムンムンとした色気は、自分にはないものなので、腹立たしいことこの上ない。

(このムチムチの身体で、竜さんを誘惑してるのね)

朋子が竜司に熱をあげているのは、接し方を見ればわかる。

しかも向こうも、千佳が竜司のことを好きだとわかっているようなので、仲良くなんかできるわけがないのだ。

「でも、足手まといにはならないでくださいね。おばさん」

「誰がおばさんよ」

いがみ合いながらも、ふたりで見てまわる。

「しかし、その琴美さんっていう人は、なんのためにK病院の医者だって偽ってたのかしら」

朋子が訊いてくる。

「竜さんに正体を知られたくなかったみたいですよ」

「だったら、もっとやり方はあったと思うのよね」

言われて、まあ確かにそうだと千佳は思う。

だとすると、女医に化けて竜司の前に出てくる必要があったと言うことだ。

(なんでわざわざ……)

ふと、竜司の死んだ奥さんが女医だったことを千佳は思い出した。

(もしかして、気を引くため?)

女医の姿をして竜司の前に出れば、竜司は興味を持つだろう。

それに加えて臓器手術の話をすれば、必ず竜司は仕事を引き受ける。

でも、そこまでしてどうして？

考えているときだった。

朋子に柱の後ろに引っ張り込まれた。

「何を……」

「シッ！　いるのよ、沢木先生が……」

「え？」

こっそりと覗いてみる。

確かに沢木の姿があった。

若い男と談笑している。琴美の姿はなかった。

「あれ、保健福祉省の人よ」

朋子が若い男を見ながら言った。

「なんか打ち合わせしてるんですかね」

「あんな事件があったあとに？　今、K病院は保健福祉省の人間と接触を持つことを禁じられてるのよ」

朋子が言う。

ふたりは息を呑んだ。

沢木は、K病院と保福省の癒着を暴いたはずの人間だ。

だがその人間が、こうして保福省の人間と、にこやかに話してること自体がありえないのだ。

5

「あった。これだ」

梅原が出してきたのは、玲子の裁判記録だった。

見たくもないが、見なくては話が進まない。

ページをめくる。

「途中で和解になったのは、玲子さんがいなくなったからだったな。しかし、本当にひどい病院だった。すべてを玲子さんにおっかぶせて……」

「まあな」

竜司は憎々しく言うと、梅原は、うん、と頷いた。

「遺族側は玲子さんについては納得したんだ。実は彼女は患者を助けるために、手術することを提案していた。だが病院が嘘をついていて、病院が手術をしなかった。実はな、ここに和解とあるが、本当は、遺族はあらためて病院を訴えようとしていた」

「え、そうなのか？」

初めて聞いた話に、竜司は驚いた。

「ああ。だが、結局はやらなかった。それに、クリニックとマスコミはつながっていて、遺族側はゆすりたかりをしていると記事を書いた」

「それも知らなかったな、そうなのか」

「そうだ。もう玲子さんは関係ないし、おまえは事件を忘れたがっていたから言わなかったが、続きがあったんだ。結局遺族側は、マスコミや病院の奸計で、無理矢理に和解に持ち込まれてしまった」

梅原はページをめくりながら、冷静に言った。

「そんな話が……。ちなみに病院と裁判しようとしていたのは、玲子のときと同じ、死んだ女性の両親か？」

「それと妹だな」

竜司は「え？」と思わず声をあげた。

「妹がいたのか？　玲子の裁判のときはいなかっただろう」

「いや、いたけど前に出てこなかった。俺も会ったことはないけど、訴状に名前が出てる」

「琴美、じゃないよな」

「違う。そんな名前じゃ……え？」

梅原は顔をあげた。

「琴美さんが、その妹だというのか？」

「わからん。だけど、妙に玲子のことをよく知っていたような気がするし、玲子のことを聞きたがっていた。臓器移植のことも言っていたぞ」

「仮に妹だとして、K病院となんの関係が？」

「わからん。だけど、引っかかるんだ。その妹の写真は手に入らないか？」

「遺族の両親に聞けばすぐにわかる」

「頼む、もらってくれ」

竜司がそう言ったときに、携帯が鳴った。

千佳からだった。

「どうした……え？　沢木がそんなところに……？」

竜司は梅原と顔を見合わせた。

6

「竜司さん、なんて言ってたの？」

スマホを切ると、すぐに朋子が訊いてきた。

「俺が行くまで動くなって。危ないと思ったら、ミナミさんに言えって」

「まあそうよねえ。あれ、でも沢木さん、帰っちゃうわよ」

朋子が玄関を見ながら言った。

千佳も見る。

沢木と保福省の若い男が、入り口から出ようとしていた。

（まずい、見失っちゃう）

千佳はミナミを探したが、どこにもいなかった。

「私、ちょっと外を見てきます」

入り口に行こうとしたら、朋子に腕をつかまれた。

「だめよ、そうならないように、私がいるんでしょう？」

「せめてちょっと外を見るだけ。タクシー乗るか、クルマを用意してるのか。それだけだったらいいでしょう？　少しは役に立ちたいんだもの」

朋子を真っ直ぐに見つめると、彼女はふっと厳しい顔を崩した。

「わかったわよ。ちょっと外を見るだけよ」

ふたりで入り口を出てみると、路地裏に黒いミニバンが停まっていた。

（せめてナンバーだけでも……）

そう思ってクルマに近づいたときだ。

背後から男の手でつかまれて、朋子とともにミニバンに押し込まれた。

「へえ、こうしてメイクして見ると全然雰囲気が違うね、千佳さん。おおう、それに宮下師長も、美人だと思っていたけど、ここまでイケてるとはねえ」

ミニバンの後部座席は、三列目と二列目で向かい合うようにできている。

千佳と朋子はふたりの男に両脇を挟まれて、ぎゅうぎゅうになって二列目のシートに座らされる。

沢木と若い男は、三列目に座ってニヤニヤしていた。

ボックスシートのように向かい合う状態だ。

（え？　これが沢木さん……？）

事務所に来たときの頼りない感じはなくて、狡猾そうな目をしている。雰囲気が全然違っていてぞっとした。

「まいったな、よりによって一番見られたくないところを見られちゃったなあ。宮下師長は保福省のこの人、知ってるもんねえ」

沢木が隣の若い男をチラッと見る。

朋子は真っ青な顔で、うんうんと頷いた。

さすがにこのピンチで「知らない」としらを切れはしないだろう。朋子が正直に言うのも仕方なかった。

「どうします？」

千佳と朋子を押し込んだチンピラ風の男が、千佳の隣に座り、ナイフをちらつかせながら言う。ドキッとして千佳はおとなしくすることにした。

「とりあえず連れていきましょう。どうせもう竜司さんには連絡が入ってるでしょうから、このまま置いておくわけにもいかないし」

沢木はこちら見て、ニヤッとした。

（あー、また竜さんに怒られる……）

千住は身の危険より、まずはそのことを思ったのだった。

ふたりは、住宅街にあるビルの一室に連れ込まれた。

一階部分は普通に住居のようだったが、地下は倉庫のような場所だ。そこに両手、両脚を縄で縛られて転がされた。

「で、誰なんだ。こいつらは」

保福省の若い男が、沢木に訊いた。

「例の何でも屋のアシスタントと、K病院の看護師長です。いや、まさかまだ俺のことを探してるとはなあ。油断しましたよ、あんなところにいるなんて」

沢木がやれやれとため息をつく。

「どうして？　役人との癒着をつぶしてくれって言ったのに、その役人と仲良くしてるなんて」

千住が言うと、沢木はフフッと笑った。

「院長たちは自分たちの私利私欲のためですからねえ。僕らは違う。日本の医療改革という大義がありますから」

「大義？」

千佳が訊く。沢木はまた笑った。

「まあ、その話はいいです。それより、あなたたちをどうするかだ。僕はあんまり物騒なことはしたくない。なので……そうだなあ、あなたたちには辱めを受けてもらいましょうか。ここでのことは喋りたくない、ってくらいのつらい生き恥です」

沢木がククッと笑うと、若い男たちもケラケラと笑って、千佳と朋子の身体を舐めるように見つめてきた。

胸や太ももが露わになったセクシーなドレス姿だ。これ以上なく扇情的な姿である。

「いいんですか？」

チンピラみたいなふたり男たちが、舌舐めずりをしながら近づいてくる。

「仕方ない。まあふたりには死ぬよりつらい目かもしれないけど、変に探しまわった罰としましょう」

沢木が目を細める。

千佳は震えながらも、沢木を睨み返す。

「ちょっと待って、それじゃあ、あなたもやっていることは、あの院長とかわりないじゃない」

「一緒にしないで欲しいなあ。こちらは仕方なくですから」

沢木が合図すると、チンピラ男たちふたりが、千佳と朋子に襲いかかってきた。

「や、やめてっ……！」

「いやぁぁぁぁ！」

ふたりともドレスを引き裂かれて、下着姿にされる。

肩紐のないブラジャーや、パンティもむしり取られ、ふたりは縛られたままオールヌードにされてしまった。

「へへっ、すげえな。おっぱいもお尻もムチムチでたまんねえよ」

千佳の上にのしかかった男がベルトを外しながら、もうひとりの男に言う。

「こっちもだ。けっこう歳はいってそうだけど、いい身体してるぜ、一発やったら交換だな」

言いながら、男はズボンと下着を脱ぎ捨て、朋子をM字に開脚させる。

「ああ！　や、やめてっ……」

朋子がつらそうな顔で千佳を見た。

なんとかしたいが、やはり両手足の戒めは外れそうもない。

　こちらも脚を開かされた。

　チンピラ男の股間が見えた。恐ろしいほどアレがそそり勃っている。

「いやあああ！」

　必死に身体を揺すり、逃れようとしていたときだった。

「何をしているの」

　女性の声がして、チンピラ男たちは動きをとめた。

　千佳も、声をした方を見た。

　琴美だった。

「いや、秋穂《あきほ》さん。これはしょうがないんだよ」

　沢木がなだめるように言う。

　秋穂というのが、琴美の本名らしい。

「そんなやり方は反対よ。あのスケベ院長と一緒じゃないの」

　琴美は腕組みして、沢木をとがめるように見た。

　やはり琴美も雰囲気がまるで違う。見抜けなかったのが口惜しい。

「じゃあ殺すかい？　川田《かわだ》さんと会っているところを見られたんだから、このままにはしておけないよ」

沢木は保健福祉省の若い男をチラッと見て言う。こちらの男は、川田というらしい。

しばらく琴美と沢木は向き合っていたが、

「好きにしたらいいわ」

と琴美はフンと高い鼻をそらし、部屋の隅にあったソファに座った。

（あれほど危ないことをするなと言ったのに……）

竜司はミナミの主催するパーティ会場から出て、梅原から借りたクルマに乗り込んだ。

深夜の街を走る。

とにかく、ふたりの行方を探さなければならない。

赤信号で停まると、ちょうどスマホが鳴った。

梅原からだった。

竜司はハンズフリーにして、スピーカーをオンにする。

「七瀬琴美の本名は、大沢《おおさわ》秋穂だ。向こうの両親から写真データを送ってもらったら、間違いなく琴美さんだった」

竜司はクルマを発信させる。

「そうか、やっぱりか。他に何かわかったか?」

「今の彼女のヤサなんだが、沢木がビルを持っていて、両親はそこに娘が出入りしているのを承知している。すぐにメールで住所を送る」

「ビルか……」

送られてきたのは、都内の勝ちどきの住所だった。

「こんなところにビルを持ってるのか」

「沢木は地主のところの坊ちゃんだ。ただ権力志向が強かったみたいだな。琴美さんと沢木の接点はわからんが、ＶＩＰのキャバ譲と、権力志向の医者なら、どこかの接待で一緒になったんだろう」

クルマが信号で止まり、カーナビに住所を入力する。

十分もかからない距離だ。

千佳たちがいるかはわからないが、少なくとも手がかりはあるだろう。

深夜の道路をとばして、竜司は五分で目的地に着いた。クルマを道路に停めてから、ビルの入り口に向かう。

フロアの案内を見ると十階建てである。二階から九階までは事業者の名前が書いてある。貸しビルになっているらしい。

(どこだ?)

階段を一気に駆けあがる。

考えている時間はない。沢木が保健福祉省の役人とつながっている。

おそらく、沢木は単純に正義のために院長たちを潰したのではない。いずれは自分たちが取って代わるつもりなのだろう。

沢木が今度は飯星たちの役目をしようというのだ。

しかも、自分たちの顔は出さずに裏からだ。だから自分たちは表に出ず、竜司たちにやらせたのだ。ようやく最初からのもやもやが晴れた気がする。

(目的はなんだ? やはり金か?)

そこはわからないが、とにかく沢木と保健福祉省の役人はズブズブだ。今は一緒にいる場面だけは見られたくないだろう。千佳と朋子の身が危険だ。

十階のドアを開けようとしたが、鍵がかかっていた。

しかし、運良く誰かがドアを内側から開けるところだった。

ドアが開く。若い男だった。手には煙草を持っている。外に喫煙場所があるんだろう。

男は竜司を見てギョッとした。

その瞬間に顔面にパンチを入れてから、首に手をまわして、一気に締めた。

「うぐう……」

「いま女をさらってきただろう？　どこにいる？」

背後から力をかけて、男を絞め落としにかかる。

「し、知らないよ……ギャッ！」

竜司は絞めながら、男の指を折った。

「チャンスはあと九回だぞ。そのあとのことは知らんけどな」

男の中指に力をかけたときだ。

「言う、言うっ、言うからッ……地下だ。地下にいる」

声を絞り出す。

竜司は指から手を離して言った。

「おまえも来い」

男を連れて外階段を降りていく。地下にも階段があった。

降りていくと、頑丈なドアがあった。天井に防犯カメラがついていて、ドアのところを映している。

「おかしなことを言うなよ。言った瞬間に、首をへし折る」

竜司はそう言って、男を突き飛ばし、自分はカメラに写らない場所にしゃがんでじっと見つめた。

男はインターフォンを押すと、慌てたように言った。

「おい、男だ！　後ろにいるっ」

(しまった)

竜司は素早くダッシュして、男の鳩尾にパンチを入れる。

男がずるずると崩れ落ちる。

すぐさまドアが開き、男がナイフを突き出してきた。

(素人だな)

みなりはチンピラのようだが、ケンカ慣れはしていないようだ。すぐにナイフを持った手をつかんでひねりあげた。

「ぐあっ！」

呻いた男の顔面に蹴りを入れる。

もうひとりの男も、ナイフで襲ってきた。

狭い中で避けきれなくて、ナイフが腕をかすする。

しかし、それくらいならなんでもなかった。竜司は男の顔面に掌底を入れてから、側頭部に蹴りを入れる。

すると、ふたりの若い男は完全に伸びてしまった。

「竜さん！」

千佳の声だ。

竜司は慌てて中に入る。

倉庫のような場所に、千佳と朋子が全裸にされ、手首を縛られたまま床に転がされていた。

「千佳っ、朋子さん」

駆け寄ろうとして、沢木と琴美が立っているのが目に入った。もうひとり、若い男は沢木の後ろに隠れて震えている。これが保健福祉省の人間だろう。

「いや、こんな一瞬でやっつけちゃうなんてな」

沢木の顔に、狡猾そうな薄笑いが浮かんでいる。

琴美の表情もそうだった。穏やかで優しい女医の顔はない。もっとも女医ではなかったわけだが。

「俺を利用するとはな。おまえらも、院長と同じ穴の狢《むじな》だったわけだ」

沢木が笑った。

「ひどいな。あんなのと一緒にするなんて。僕はね、わかったんですよ」

「何をだ」

「わかるでしょう？　この国の医療のひどさを。病院は医療ミスを隠蔽する。医師は自分のせいじゃないと逃げるし、病院は嘘の証言でも平気でする。でも、竜司さんの元奥さんのように、立派なお医者さんもいる」

沢木のあとを、琴美が続ける。

「私の姉を死なせたのは、最初玲子さんのせいだと思いました。だけど、玲子さんはなんとか最善の策を講じてくれた。問題はあのクリニックです。人間はミスをするものだと開き直り、しょうがなかったとまで言い出して、挙げ句に公表しないようにと脅しまでかけてきたんです。そのとき私は思ったんです。毒には毒だと。私たちは保健福祉省と組むことにしたんです」

「なにい？」

竜司はきなくさい言葉に、顔をしかめる。

沢木があとを続けた。

「飯星院長がやっていた保健福祉省とのパイプは、僕たちが引き継ぎます。ナンバー2の保村さんは、もともと僕ら側の人間なんです。僕の意のままです」

沢木はククッと愉快そうに笑って、続けた。

「国産ワクチンもそうだし、他の新薬もそうだ。正しいことをする病院に優先的に渡してやる。臓器移植の順番だってそうだ。移植希望登録者《レシピエント》選択基準は僕らと保福省が新たに決めます。生かす価値があると僕らが思う人間には、優先的に移植手術をするんです。これが新しい医療だ」

「ふざけるな」

竜司は冷静に言った。

「人間の価値など、君らの判断で決められるもんじゃない」

「そう言うと思いましたよ」

沢木は鼻で笑った。

竜司はカッと目を見開く。

「たいそうなことを言ってるが、千佳が潜入していることをバラしたのは、おまえだな」

竜司の言葉に、沢木は顔色を変える。

「部外者の俺たちに病院のことをわざと暴かせて、自分たちは雲隠れする」

「沢木くん。あなた……千佳さんまで巻き込もうと……」

琴美が沢木を咎める。

沢木はクックと笑って、突然、拳銃を出した。

「竜さん！」

「竜司さんっ」

千佳と朋子が叫んだ。

竜司は息を呑む。

「すみません、これは計画の犠牲と考えてください。ホントは竜司さんにも入って欲しかった。でも、琴美さんに調べてもらったら、あなたはそういう人ではなかった。だから、竜司さんの前から姿を隠そうと思ったんです。でも、あなたは思った以上にしつこかった」

沢木が引き金を引いた。

激しい衝撃音が倉庫に響く。

銃弾は、竜司をかすめて後ろの壁に当たった。

琴美が沢木の手をつかんで、ずらしたのだ。

「秋穂さんっ……！」

沢木が驚いたように琴美を見た。

（いまだ）

「沢木っ！」

竜司は弾かれるように、沢木に向かって突進した。

沢木は慌てて銃を構えるが遅かった。

竜司の拳が沢木の顔面にヒットして、沢木は吹っ飛んだまま動かなくなった。

琴美がこちらをじっと見ている。

つらそうに表情を歪め、

「ごめんなさい……」

と言って、入り口に駆け出していった。

「琴美さんっ！」

追いかけようとした。

しかし、後ろのソファに隠れていた若い男も逃げようとしたので、竜司は仕方なく、その男たちを先に取り押さえた。

男に馬乗りになりつつ入り口を見ると、すでに琴美は外に出てしまっていた。

7

「結局見つからなかったみたいですね、琴美さん」

竜司がソファに寝ていると、千佳が顔に新聞を落とした。

「元々は裏の世界にいたからな。なかなかつかまらないだろう」

竜司は大きくあくびをした。千佳が笑う。

「残念でしたね、竜さんのタイプだったのに」

「まあな」

そう返事をすると、千佳はむくれて、竜司の太ももをパシッと叩いた。

「あてて」

太ももをさすりつつ、新聞を見た。

沢木の記事はそれほど大きくは取りあげられなかった。

飯星院長の仲間だという報道だったからだ。

それよりも、医師と半グレの集団がつるんでいて、拳銃を手に入れたということが話題になった。

このコロナの不景気で、半グレ集団がヤクザから拳銃を買い、それを一般人に売りつけているらしい。日本の治安も危くなってきているのかも知れない。

竜司は琴美のことを考えた。

玲子は正しいことをしたんだなと、ホッとした。

それだけがすくいだった。

「竜司さん、いるかしら？」

チャイムも鳴らさずに朋子が入ってきた。

「朋子さんまで勝手に……なんです、今日は？」

「仕事の手伝いよ。何かないの？」

朋子は得意げに髪をかきあげる。どうもまたメイクが派手になってきているようだった。

「そんなに仕事なんてありませんてば。何回言わせるんですか？　アシスタントはひとりいれば十分です」

千佳が血相変えて朋子に対峙する。

「だったら、私がアシスタントするわよ。あなたは勉強に集中しなさいよ。子どものくせに生意気なんだから」

「年増」

「なんですって」

ふたりの言い争いが長くなりそうで、竜司はげんなりした。

＊この作品は、書き下ろしです。また、文中に登場する団体、個人、行為などは実在のものとはいっさい関係ありません。

二見文庫

灰色の病棟

2021年 5月 25日　初版発行

著者　桜井真琴《さくらいまこと》

発行所　株式会社 二見書房
東京都千代田区神田三崎町2-18-11
電話 03(3515)2311［営業］
03(3515)2313［編集］
振替 00170-4-2639

印刷　株式会社 堀内印刷所
製本　株式会社 村上製本所

ISBN978-4-576-21061-2
https://www.futami.co.jp/